www.ingramcontent.com/pod-product-compliance
Lightning Source LLC
LaVergne TN
LVHW050815051026
849532LV00008B/2994
* 9 7 8 9 3 6 9 0 8 6 1 2 2 *

ہاری ہوئی جیت

(افسانے)

محمد منشا یاد

© Muhammad Mansha Yaad
Haari huyi Jeet *(Short Stories)*
by: Muhammad Mansha Yaad
Edition: November '2025
Publisher :
Taemeer Publications LLC (Michigan, USA / Hyderabad, India)

ISBN 978-93-6908-612-2

کتاب	:	**ہاری ہوئی جیت** (افسانے)
مصنف	:	**محمد منشا یاد**
صنف	:	فکشن
ناشر	:	تعمیر پبلی کیشنز (حیدرآباد، انڈیا)
سالِ اشاعت	:	۲۰۲۵ء
صفحات	:	۶۴
سرورق ڈیزائن	:	تعمیر ویب ڈیزائن

فہرست

۱

جہاد

"ہیلو کمانڈر۔۔۔ تم پر سلامتی ہو۔"

"حضور آپ پر بھی۔"

"کہاں ہو کمانڈر؟"

"سر ابھی اوپر ہوں۔ مگر میرے آدمی نیچے جا چکے ہیں۔"

"انھیں واپس بلا لو۔"

"یہ آپ کیا فرما رہے ہیں؟"

"ہاں۔۔۔ انھیں واپس بلا لو اور خود بھی آگے مت جاؤ۔"

"مگر حضور وہ تو اپنے ٹارگٹ کے قریب؟"

"وہ جہاں بھی ہیں انھیں فوراً واپس لے آؤ۔ انھیں مشن مکمل کرنے کا ثواب ملے گا۔"

"میں کوشش کرتا ہوں حضور۔۔۔ مگر ابو صالح بہت جوشیلا ہے۔ شہادت سے کم مرتبے پر راضی نہ ہو گا۔"

"اسے بشارت دو کہ اللہ نے ان کی شہادت قبول کر لی۔"

"ٹھیک ہے حضور۔ مگر جہاد؟"

"جہاد بند کرنے کا حکم آیا ہے۔"

"کہاں سے؟"

"اوپر سے۔"

"وحی کے ذریعے؟"

"نہیں، وائرلیس پر۔"

* * *

۲

آدم بو

جب سے ساتھ والے گاؤں میں نوجوان مولوی منظور درس گاہ سے فارغ التحصیل ہو کر آیا ہوا ہے مولوی اللہ رکھا کی راتوں کی نیند اڑ گئی ہے۔

اور اگرچہ ان کے شاگرد، نائب اور خدام ان کی ہمت بڑھاتے اور اس کل کے چھوکرے کام کو ٹھپ دینے کی یقین دہانیاں کراتے رہتے ہیں لیکن انہیں اپنا ستارہ گردش میں نظر آتا ہے اور اگرچہ مولوی منظور نے ابھی تک ان کے خلاف زبان نہیں کھولی مگر انہیں یقین ہے کہ وہ اس کے لئے زمین ہموار کر رہا ہے اور مناسب موقع پا کر ضرور ان سے اپنے باپ کا بدلہ لے گا جس کے خلاف انہوں نے فتوٰی دیا اور اسے بڑی مسجد سے بے دخل کرایا تھا۔ ویسے بھی نوجوان مولوی جس قسم کے خیالات کا پرچار کر رہا ہے اور جس طرح عام لوگوں اور کمی کاریوں میں مقبول ہوتا جا رہا ہے وہ ان کے لئے کسی بڑے خطرے کی علامت ہے۔ انہیں اپنے برسوں کے تجربے اور سرکردہ لوگوں سے گہرے تعلقات کی وجہ سے اعتماد ضرور ہے لیکن اس کے ساتھ ہی انہیں یہ سوچ کر ہول آتا ہے کہ پتہ نہیں نوجوان مولوی درسگاہ سے کیا کیا نئی باتیں سیکھ کر اور کس سانچے میں ڈھل کر آ گیا ہو اور اسے جو علم کا جن چمٹا

ہوا ہے وہ کب تک چمٹا رہے اور شنید ہے کہ اب تو اس نے اپنے وعظ میں تاریخ، جغرافیے اور کتی سائنس کی باتیں شامل کرنا بھی شروع کر دی ہیں۔

مولوی اللہ رکھا کے احباب اور خیر خواہوں کا خیال ہے کہ یہ سب کچھ وقتی اور ہنگامی ہے۔ جونہی نوجوان مولوی کے پاؤں زمین پکڑیں گے وہ اپنے آپ میں آ جائے گا۔ مگر مولوی اللہ رکھا کی تشفی نہیں ہوتی انہیں ایسا لگتا ہے کہ وہ خود ایک بار پھر سے پیدا ہو کر اپنے مقابلے پر آ نکلے ہیں اور سب کچھ تہ و بالا کر کے رکھ دیں گے۔

برسوں پہلے کی بات ہے۔

مولوی احمد دین کا پہلی بیوی سے ایک ہی لڑکا تھا۔ سوتیلی ماں کی گالیوں اور بدسلوکیوں سے عاجز آ کر وہ قصے کہانیوں میں پناہ لیتا لیکن پھر یہی قصے اور کہانیاں اس کے لئے عذاب الیم بن گئیں۔

گاؤں میں داخل ہونے یا باہر جانے کے لئے ایک ہی بڑا راستہ تھا اس راستے پر ایک بدصورت دیو ہر وقت بیٹھا آدم بو، آدم بو پکارتا رہتا تھا۔ لوگ اسے بڑا ملک کہتے تھے۔ وہ سچ مچ بہت بڑا تھا۔ اس کے سامنے جا کر ہاتھی سکڑ کر چوہے اور چوہے پدی بن جاتے تھے۔ دو تہائی گاؤں کا مالک اور لمبے چوڑے خاندان کا سربراہ۔ دیکھنے میں بھی ہیبت ناک۔ باسی گوشت کا پہاڑ۔۔ اس کی آواز اس کی شکل و صورت کی طرح مکروہ اور خوفناک تھی۔ اس کا جب اور جسے جی چاہتا بلوا لیتا۔ غریب کسان، کمی کاری اور ان کے بچے اکثر بیگار میں پکڑے رہتے۔ کسی میں انکار کی جرأت نہیں تھی۔ انکار کی صورت میں وہ نہایت فحش گالیاں دیتا اور جوتے مار مار کر شکل بگاڑ دیتا

تھا۔

چوریوں، ڈاکوں، رسہ گیریوں، قتلوں اور مقدموں سے فراغت پا کر اب وہ سارا دن ڈیرے میں بیٹھا حقہ گڑگڑاتا اور کمی کاریوں سے پاؤں دبواتا، مالش کراتا، چلمیں بھرواتا اور پنکھا جھلواتا رہتا تھا۔ اللہ رکھا کے ذمے اس کی تفریح طبع کا کام تھا۔ پتہ نہیں اس کی سمجھ میں کچھ آتا تھا یا نہیں مگر وہ اکثر اس سے سوہنا وزینی کا قصہ سنتا تھا۔ اسے دوسرا کوئی قصہ یا کتاب پسند نہیں تھی اور سوہنا وزینی کا قصہ اس نے اسے اتنی بار سنایا تھا کہ اسے خود زبانی یاد ہو گیا تھا۔ مگر بڑا ملک ہر دفعہ اتنی دلچسپی سے سنتا تھا جیسے زندگی میں پہلی بار سن رہا ہو۔۔ وہ یہ قصہ سنا سنا کر تنگ آ گیا تھا اور انکار نہ کر سکنے کی اذیت میں مبتلا رہنے لگا تھا۔ وہ بدبو جو اسے بڑے ملک کے جسم سے آتی تھی اب کتاب کے اوراق اور لفظوں سے بھی آنے لگی۔ قصہ پڑھتے پڑھتے اس کا دماغ بدبو سے بھر جاتا اور اسے متلی آ جاتی، وہ منہ پر ہاتھ رکھ کر ایک طرف کو بھاگ جاتا، پھر فراغت پا کر دوڑتا ہوا آتا اور ایک کل کی طرح دوبارہ قصہ پڑھنے لگتا۔

کئی بار اس نے انکار کر دینا چاہا مگر بڑے ملک کا پیغام ملتے ہی وہ اپنے یا بڑے ملک کے مر جانے کی دعائیں مانگتا ہوا بھاگم بھاگ اس کے ڈیرے پر پہنچ جاتا اور اس وقت تک گلا پھاڑ پھاڑ کر قصہ گاتا رہتا جب تک کہ بڑا ملک خود ہی جمائیوں کے کئی گڑھے پھاند کر نیند کے کسی اندھے کنوئیں میں نہ گر جاتا۔

اس نے کئی بار اپنے باپ مولوی احمد دین سے اپنی تکلیف اور خوف کا اظہار کیا لیکن وہ بھی بے بس تھا۔ اس نے کئی بار سوچا بڑے ملک کو قتل کر کے پھانسی لگ

جائے مگر بڑے ملک کے سامنے جا کر اس کی گھگھی بندھ جاتی۔

پھر ایک روز وہ سوتیلی ماں کی بدسلوکیوں اور بڑے ملک کے جسم سے اٹھنے والی سڑاند سے تنگ آ کر گھر سے بھاگ گیا اور سینکڑوں میل دور ایک دینی مدرسے کے درویش طالب علموں کی صف میں شامل ہو گیا۔

چند سال دینی، اخلاقی اور روحانی تعلیم حاصل کرنے اور درویشانہ زندگی گزارنے کی تربیت حاصل کر کے جب وہ درسگاہ سے نکلا تو اس کے سامنے زندگی کا بے حد وسیع میدان تھا۔ وہ ایک عالم باعمل تھا اور اس کا سینہ محبت، علم اور غمگساری کے جذبات سے لبریز تھا۔ وہ گاؤں آیا تو بڑا ملک اپنے ڈیرے میں تخت پوش پر موجود نہیں تھا۔ اس نے صدق دل سے اس کے لیے مغفرت کی دعا کی لیکن وہ گاؤں میں مستقل قیام نہ کر سکا اور دوبارہ عازم سفر ہوا۔ وہ بہت کچھ کرنا چاہتا تھا مگر گاؤں کے ان لوگوں کے درمیان، جن کے سامنے وہ بچپن میں ننگا پھرتا رہا تھا اور ان دوستوں اور ہم عمروں میں جن کے ساتھ تالابوں میں نہاتا، کبڈی کھیلتا، بیر توڑتا اور سوتیلی ماں سے مار کھاتا رہا تھا اسے اپنی خود کو منوانے اور اپنا مدعا بیان کرنے میں مشکل پیش آ سکتی تھی اور وہ صرف اپنا مدعا بیان نہیں کرنا چاہتا تھا وہ بہت کچھ بدل دینا، بہت کچھ تہہ وبالا کر دینا چاہتا تھا۔

مولوی اللہ رکھا نے اس نئے گاؤں میں آ کر واقعی بہت کچھ بدل ڈالا تھا۔ ان سے پہلے گاؤں کے نیم خواندہ امام مسجد نماز پڑھانے، بچے کے کان میں اذان دینے، بھیڑ بکری ذبح کرنے اور جنازہ پڑھانے کا معاوضہ لیتے تھے ہر فصل کے موقع پر دوسرے کمی کاریوں کی طرح بوہل میں ان کا بھی حصہ ہوتا۔ عید بقر عید پر وہ مسجد

میں کپڑا بچھا دیتے اور عید کی نماز پڑھانے کے عوض لوگوں سے غلہ اور نقدی وصول کرتے۔ نماز پڑھا کر وہ قربانی کے جانوروں کو ذبح کرتے اور پھر چھوٹی اور بڑی کھالوں کے بیوپار میں الجھے رہتے۔ ان کا حکم تھا کہ انڈہ کھانے کے لئے اس پر بھی تکبیر پڑھنا ضروری ہے کیونکہ اس میں بھی جان ہوتی ہے لوگ انہیں تین انڈوں پر تکبیر پڑھانے پر ایک انڈہ بطور معاوضہ دیتے کیونکہ صحیح طریقے سے تکبیر تو وہی پڑھ سکتے تھے۔ مگر مولوی اللہ رکھا نے یہاں آکر ان سب قبیح رسموں اور روایتوں کو جڑ سے اکھاڑ پھینکا۔ پرانے مولوی صاحب لاکھ چیختے چلاتے رہے اور طرح طرح کے الزامات لگاتے اور کہتے رہے کہ وہ خلاف شرع باتیں بتاتا ہے مگر لوگ شریعت کی ان باتوں کو جلدی اور آسانی سے سمجھ لیتے ہیں جن میں ان کا فائدہ ہو چنانچہ مولوی اللہ رکھا کی کامیابی کی پتنگ اونچی اور اونچی اڑنے لگی اور چھوٹی اور بڑی مسجدوں کے جدی پشتی امام صاحبان گاؤں سے ہجرت کر کے گئے یا انہوں نے اپنا آبائی کام چھوڑ کر کوئی دوسرا کام دھندہ شروع کر دیا۔

مولوی اللہ رکھا نذر نیاز نہیں لیتے تھے۔ بڑے درویش صفت انسان تھے۔ مفت خوری سے سخت پرہیز کرتے اور خود محنت کر کے اپنا پیٹ بھرتے تھے۔ وہ دن بھر اینٹیں ڈھوتے، لائیاں کرتے، مویشی چراتے، بان کی رسیاں اور چارپائیاں بنتے۔۔ اور بغیر کسی فیس یا معاوضے کے بچوں کو قرآن پاک کی تعلیم دیتے۔ لوگ ختم پڑھوانے کے لئے حلوے، کھیریں، سیویاں اور پراٹھے لاتے وہ ان کی دل شکنی کے ڈر سے ختم پڑھ دیتے مگر کسی چیز کو ہاتھ نہ لگاتے، لوٹا دیتے یا کسی غریب یا بیوہ کے ہاں بھجوا دیتے۔ وہ مسجد کے حجرے میں رہتے تھے۔ خود مسجد میں جھاڑو دیتے،

صفائی کراتے، چراغ جلاتے، نمازیوں کے وضو کے لئے حوض میں پانی بھرتے اور نماز کا وقت ہو جاتا تو اذان دیتے۔ لوگ ان کی بے حد عزت کرتے اور ان سے محبت بھی۔ مگر جب وہ منبر پر کھڑے ہوتے تو ان کی آواز سے آس پاس کے گھروں کی دیواریں لرزنے لگتیں۔ گنہگاروں اور دوسروں کا حق مارنے والوں کے دلوں پر ہیبت طاری ہو جاتی۔ خدا کے سوا وہ کسی سے نہیں ڈرتے تھے اور حق بات ڈنکے کی چوٹ پر کہتے تھے۔

پھر انہوں نے کچھ عرصہ بعد ایک ایسی غریب بیوہ سے نکاح کر لیا جس کو اولاد نہ ہونے کی وجہ سے طلاق ہو گئی تھی۔ مولوی صاحب سے نکاح کے بعد بی جی کے سوئے ہوئے نصیب جاگ اٹھے اور چند ہی برس میں گھر بچوں سے بھر گیا۔

مولوی صاحب ہمیشہ سے روکھی سوکھی کھا کر وقت گزارتے آئے تھے۔ بی بی جی نے بھی ان کا بہت عرصہ تک ساتھ دیا اور عسرت اور فاقوں کی زندگی گزارنے پر بھی خدا کا شکر ادا کرتی رہیں مگر پھر بچوں کی وجہ سے مولوی صاحب سے چوری چھپے کھانے پینے کی کوئی چیز قبول کر لیتیں۔ مولوی صاحب کو پتہ چلا تو شروع میں بہت خفا ہوئے مگر پھر یہ سوچ کہ بچوں کو فاقوں مارنا اور اچھی چیزوں کے لئے ہمیشہ ترساتے رہنا مناسب نہیں، خاموش ہو گئے

پھر ایک بار ذیلدار کا چالیسواں تھا اس کے متمول بیٹوں نے اسے بڑا کیا یعنی چالیسویں کا غیر معمولی اہتمام کیا۔ پوری برادری کو کھانے کی دعوت دی اور ختم کے موقع پر مولوی صاحب کے سارے کنبے کے کپڑے اور دنیا جہان کی نعمتیں، پھل اور میوے حاضر کئے۔ مولوی صاحب پریشان ہو گئے۔ ختم پڑھتے ہوئے ان کی

آنکھوں کے سامنے اپنے بچوں کے پھٹے پرانے کپڑے اور ترسی ہوئی صورتیں گھوم گئیں۔ انہوں نے گلوگیر آواز میں کہا۔

"میں کسی چیز کو ہاتھ نہیں لگاؤں گا۔۔ کسی کمی کے ہاتھ سب چیزیں ہمارے گھر پہنچادی جائیں۔"

اور جس طرح شیر عام طور پر آدمی پر حملہ نہیں کرتا مگر جب ایک بار اس کے منہ کو انسانی خون لگ جائے تو آدم خور ہو جاتا ہے، مولوی اللہ رکھا کے منہ کو بھی جب مفت کا حلوہ مانڈا ایک بار لگ گیا تو پھر لگتا ہی چلا گیا۔ اور آہستہ آہستہ وہ پہلے مولوی صاحب سے بھی دو ہاتھ آگے نکل گئے۔

اور اب اتنے برسوں بعد۔۔ مولوی اللہ رکھا کی امامت کا دائرہ اپنی مسجد سے نکل کر آس پاس کے کئی ایک چھوٹے بڑے دیہات کی مسجدوں تک پھیل گیا ہے۔ ان مسجدوں میں ان کے نائب امام آمدنی کے ایک تہائی حصے پر کام کرتے ہیں، وہ خود ہفتے میں ایک دوبار ہر مسجد میں نماز پڑھتے پڑھاتے ہیں۔ انہوں نے نہایت محنت، ہوشیاری اور اپنے زور خطابت کی وجہ سے ایک ایک کر کے ان مسجدوں پر قبضہ کیا ہے اور دیہات کے وڈیروں اور زمینداروں میں اپنے اثرورسوخ اور رموز شریعت سے آگاہی کی بنا پر نیم خواندہ ملاؤں کو بے دخل کیا ہے ان کا شمار علاقے کے اچھے کھاتے پیتے لوگوں میں ہوتا ہے۔ وہ ہر کسی کے کام آتے ہیں۔ وہ ہاڑی ساؤنی کے کارے پر نہایت تھوڑے منافع پر بڑی بڑی رقمیں قرض دے دیتے ہیں۔ فصل، زمین یا مویشی رہن یا زیور گروی رکھنے کے لئے لوگ انہی کے پاس آتے ہیں کہ وہ نہایت دیانتدار اور قابل اعتماد ہیں۔ کسانوں اور کمی کاریوں نے ہی نہیں بڑے بڑے

زمینداروں نے ان سے منافع پر موٹی موٹی رقمیں لے کر ٹیوب ویل لگوائے اور ٹریکٹر خریدے ہیں۔ مولوی صاحب نے اپنا بہت بڑا اور محل نما پکا مکان بنالیا ہے اور اس میں بجلی لگوالی ہے انہیں کسی سے کچھ مانگنے یا کچھ کہنے کی ضرورت نہیں ہوتی لوگ خود ہی ہر چیز میں سے اللہ کا حصہ نکال کر ان کو پہنچا دیتے ہیں۔

وہ بہت اطمینان کی زندگی گزار رہے تھے مگر جب سے نوجوان مولوی منظور درسگاہ سے لوٹا اور قریب والے گاؤں کی ایک مسجد سنبھال بیٹھا ہے ان کی راتوں کی نیند حرام ہو گئی ہے۔ مگر انہیں یہ سوچ کر قدرے اطمینان ہوتا ہے کہ لوگ کئی طرح سے ان کے محتاج ہیں اور پھر مولوی منظور کو ان کی طرح تعویذ گنڈا نہیں آتا بلکہ وہ اسے شرک سمجھتا ہے اور وہ خود محض امام مسجد ہی نہیں آس پاس کے دیہات کے واحد طبیب بھی ہیں اور بعض با اثر لوگوں کے خفیہ نکاحوں اور دوسرے بہت سے اہم رازوں کے امین بھی۔۔!

ہر جمعہ کی شام کو وہ مولوی منظور کے گاؤں سے آنے والی رپورٹ کا بے چینی سے انتظار کرتے ہیں ان کا کوئی خادم یا وفادار مولوی منظور کے جمعے کے وعظ میں شریک ہو جاتا ہے اور تمام حالات سے انہیں باخبر رکھتا ہے۔ مولوی منظور کے مقتدیوں کی تعداد دن بدن بڑھتی جارہی ہے اور اب انہیں رمضان شریف کے پہلے جمعے کا انتظار ہے۔ رمضان شریف شروع ہوتے ہی مساجد میں نمازیوں کی تعداد میں ایک دم غیر معمولی اضافہ ہو جاتا ہے اور لوگ پند و نصائح اور وعظ و تلقین کی باتوں پر خصوصی توجہ دینے لگتے ہیں۔ اس پورے علاقے میں دو ہی جگہ جمعے کی نماز کے اجتماعات ہوں گے اور نمازیوں کی تعداد سے ان کے اور مولوی منظور کے

درمیان ایک طرح کا الیکشن ہو جائے گا۔

رمضان کے پہلے جمعے کی شام کو ان کا ایک خادم پریشان حال لوٹتا ہے تو ان کا دل بیٹھ جاتا ہے۔ مولوی منظور کے مقتدیوں کی تعداد کسی طرح ان کے اپنے نمازیوں کی تعداد سے کم نہیں ہے۔۔ انہیں اسی بات کا ڈر تھا۔ ان کا رنگ اڑ جاتا ہے اور ہاتھ پاؤں ٹھنڈے ہو جاتے ہیں۔ اس رات تراویح کی نماز پڑھاتے ہوئے انہیں ایک عرصہ بعد لقمہ ملتا ہے اور ابھی وہ لقمہ سے سنبھل نہیں پاتے کہ سجدہ سہو پڑ جاتا ہے۔

رات کو وہ تھکے تھکے اور نڈھال سے گھر لوٹتے ہیں اور دالان میں بچھی ہوئی بہت سی چھوٹی بڑی چارپائیوں کے قریب سے گزر کر سیڑھیاں چڑھتے ہوئے چھت پر آتے ہیں۔ بی بی جی ان کی آہٹ سن کر لمحہ بھر کے لئے جاگتی ہیں پھر مچلی ہو کر مصنوعی خراٹے لینے لگتی ہیں۔ وہ اپنے سرہانے تپائی پر رکھا ٹھنڈے میٹھے دودھ کا ارک جتنا گلاس اٹھاتے اور مزے لے لے کر گھونٹ گھونٹ پیتے ہیں۔ لیکن اچانک انہیں ایک جانی پہچانی مگر ناگوار سی بدبو ہر طرف پھیلی ہوئی معلوم ہوتی ہے اور جی متلانے لگتا ہے۔ وہ دودھ کا گلاس تپائی پر رکھ دیتے ہیں اور ادھر ادھر نظریں دوڑاتے ہیں انہیں کچھ دکھائی نہیں دیتا۔ مگر بدبو کے بھبکے لپکتے چلے آتے ہیں۔ اچانک انہیں یاد آتا ہے کہ یہ بدبو ویسی ہی ہے جیسی بڑے ملک کے جسم سے اٹھتی تھی۔ وہ قے روکنے کی بہت کوشش کرتے ہیں مگر وہ نہیں رکتی۔

***

۳

اوور ٹائم

اسے اکثر دفتر بند ہو جانے کے ایک گھنٹہ بعد تک اوور ٹائم بیٹھنے کی اجازت مل جاتی تھی اور ایک روپیہ فی گھنٹہ کے حساب سے بیس پچیس روپے ماہوار تنخواہ سے زیادہ مل جاتے تھے اس نے کئی بار کوشش کی تھی کہ اسے ایک گھنٹہ مزید اوور ٹائم کام کرنے کی اجازت مل جائے لیکن اس کے انچارج نے کبھی اس کی منظوری نہیں دی تھی۔

آج بھی وہ دفتر بند ہو جانے کے ایک گھنٹہ بعد گھر جانے کے لئے باہر نکل رہا تھا کہ چوکیدار نے اسے جی ایم صاحب کی والدہ کے انتقال کی خبر سنائی۔

دکھ کی ایسی خبروں میں جن کا تعلق کسی دوسرے سے ہو آدمی کے کہیں اندر اطمینان کا ایک پہلو بھی موجود ہوتا ہے کہ یہ حادثہ یا المیہ اس کے اپنے ساتھ پیش نہیں آیا۔ اس نے بھی یہ خبر ایسے ہی اطمینان بخش ملال کے ساتھ سنی۔ ویسے بھی اس کا جی ایم صاحب سے براہ راست کوئی تعلق یا واسطہ نہیں تھا البتہ پچھلے ہفتے اس نے اپنی ترقی کے لئے ان کے نام ایک اپیل تھرو پراپر چینل بھجوائی تھی جس میں ذاتی طور پر حاضر ہونے اور اپنا موقف پیش کرنے کی اجازت بھی مانگی تھی اور وہ اسی

روز سے پریشان اور خائف تھا کہ وہ ان کا سامنا کیسے کرے گا اور اپنا موقف کس طرح بیان کرے گا۔ اس کے اور جی ایم صاحب کے درمیان بہت فاصلہ تھا۔ درمیان میں کتنے ہی بڑے بڑے افسران دشوار گزار پہاڑوں کی طرح ایستادہ تھے جن کے سامنے جا کر اس کی ٹانگیں کانپنے اور زبان لڑکھڑانے لگتی تھی پھر وہ سب سے بڑے افسر جی ایم صاحب کا سامنا کیسے کرے گا افسروں کے سامنے اس کے ہمیشہ بلا وجہ ہاتھ پاؤں پھول جاتے تھے۔

اس نے پلٹ کر آر اینڈ آئی برانچ اور ٹیلیفون ایکسچینج میں جھانکا۔ آر اینڈ آئی برانچ کا مختصر سا عملہ خوش گپیوں میں مصروف تھا اور ٹیلی فون ایکسچینج کے دوسری شفٹ کے آپریٹرز تیزی سے مختلف نمبر ڈائل کرنے، افسران کو ان کی اقامت گاہوں پر اطلاع دینے اور نماز جنازہ کا وقت بتانے میں مصروف تھے۔ اسے خیال آیا کہ اگر وہ جی ایم صاحب کے بنگلہ پر اظہار تعزیت کرنے اور نماز جنازہ میں شرکت کے لئے چلا جائے تو جونیئر اسٹاف کی غیر موجودگی میں اس کی اہمیت بہت بڑھ جائے گی اور جب وہ کچھ دنوں بعد جی ایم صاحب کے سامنے اپنی اپیل کے سلسلے میں حاضر ہو گا تو "فی الحال نہیں" لکھتے یا کہتے وقت ان کی نگاہوں میں اپنی والدہ کا جنازہ گھوم جائے گا اور وہ "منظوری دی جاتی ہے" لکھ دیں گے۔ اس خوشگوار خیال کے ساتھ ہی نہ چاہتے ہوئے بھی اس کے اندر اگر بتی سی سلگنے لگی اور اس کا سارا اندر خوشبودار دھوئیں سے بھر گیا۔

اس نے جی ایم صاحب کے بنگلے پر جانے کا تہیہ کر لیا لیکن ابھی جنازہ اٹھنے میں خاصی دیر پڑی تھی اور اگرچہ اسے پتہ تھا کہ تعزیت کے لئے جانے میں تھرو پراپر

چینل کے دفتری ضابطے لاگو نہیں ہوتے پھر بھی اس کا اپنے سینئر افسران سے پہلے جی ایم صاحب کے بنگلے پر پہنچ جانا مناسب نہیں تھا۔

ایک بار اس نے سوچا کہ وہ پہلے اپنے گھر چلا جائے اور کھانا کھانے اور تھوڑی دیر آرام کرنے کے بعد جی ایم صاحب کے ہاں جائے لیکن اس طرح دگنا کرایہ خرچ ہوتا تھا اور پھر اسے ڈر تھا کہ کہیں اڑوس پڑوس میں اس کا کوئی کولیگ نہ مل جائے۔ وہ اگلے روز دفتر میں سب کو جی ایم صاحب کے بنگلے پر جانے، نماز جنازہ میں شرکت کرنے اور جی ایم صاحب سے ہمکلام ہونے کی خبر سنا کر حیرت میں ڈال دے گا اور کم از کم اس کے انچارج کی آنکھیں ضرور کھل جائیں گی جنہیں آدمی کی بالکل قدر نہیں تھی۔

وہ دفتر سے نکل کر خوش خوش بس اسٹاپ پر آیا اور بس میں سوار ہو کر اس چوک پر اتر گیا جہاں سے ایک سڑک جی ایم صاحب کے بنگلے کی طرف جاتی تھی۔ ابھی جنازہ اٹھنے میں کافی دیر تھی اس لئے وہ سڑک سے ہٹ کر ٹہلتا ہوا قریبی سینما ہاؤس میں آ گیا اور وقت گزاری کے لئے پوسٹر اور تصویریں دیکھنے لگا۔ بڑے عرصہ سے اس نے فلم نہیں دیکھی تھی۔ گھر کے اخراجات ہی پورے نہ ہوتے تھے اوپر سے بیوی اکثر بیمار رہتی اور اس کے علاج معالجے پر خاصے پیسے خرچ ہو جاتے تھے۔ اس لئے جب کبھی اس کا فلم دیکھنے کو جی مچلتا وہ کسی سینما ہاؤس کا رخ کرتا اور ''آج شب کو'' والے بورڈ پر لگی سٹلز (Stills) دیکھ کر فلم کی کہانی اور موضوع کا اندازہ کر لیتا تھا۔ بعض سینما ایسے تھے جہاں باہر کھڑے ہو کر مکالمے اور گانے بھی سنائی دیتے تھے اس نے دیکھا۔۔۔ اس فلم میں ہیروئین کو نہایت غریب دکھایا گیا تھا۔ کہیں وہ

جھاڑو دے رہی تھی کہیں بوجھ اٹھا رہی تھی اور ایک تصویر میں برتن دھو رہی تھی، قریب ہی مالکن جو شاید ہیرو کی ماں تھی کولہوں پر ہاتھ رکھے کھڑی اسے کسی بات پر برا بھلا کہہ رہی تھی۔ ایک اور تصویر میں ہیروئین ایک بہت بڑے شاپنگ پلازا میں ششدر کھڑی تھی اس کے سامنے رنگا رنگ ملبوسات بکھرے پڑے تھے۔ وہ پریشان ہو گیا، وہ یہاں کیسے آگئی لیکن پھر اس کی نظر ایک اور تصویر پر پڑی وہ خوش شکل ہیرو کے ساتھ کار میں بیٹھی ہوئی تھی۔ فلم شروع ہو چکی تھی اور بند دروازوں سے چھن چھن کر دلکش سازوں میں لپٹی ہیرو اور ہیروئین کے گانے کی آوازیں سنائی دے رہی تھی شاید یہ اسی سین کا گانا تھا۔

اس نے بہت سی تصویروں پر اچٹتی سی نگاہ ڈالی اور ہیرو ہیروئین کی شادی کی تصویریں ڈھونڈھنے لگا جو اسے جلد ہی مل گئی۔ ہیروئین کو دلہن بنایا جا رہا تھا۔ بیک گراؤنڈ میں جھونپڑی نما مکان اور معمولی قسم کے لوگ نظر آرہے تھے شاید کسی کچی بستی میں امیر کبیر دولہا کی برات آنے والی تھی۔ اس نے اطمینان کا لمبا سانس لیا اور باہر آگیا۔ وہ سوچ رہا تھا اس کی ترقی ہو گئی اور اس کی تنخواہ میں اضافہ ہو گیا تو وہ ہر ماہ کم از کم ایک فلم ضرور دیکھے گا، کبھی کبھی بیوی کو بھی ساتھ لے آیا کرے گا۔ پھر اسے جی ایم صاحب کی والدہ کا خیال آیا یقیناً وہ نیک عورت تھیں جس نے مر کر اسے جی ایم صاحب کی نظروں میں آنے اور اپیل منظور ہو جانے کا موقع بخشا تھا۔ اسے جی ایم صاحب پر بھی ترس آنے لگا، ماں آخر ماں ہوتی ہے۔ ماں کو نہیں مرنا چاہیے خواہ کسی کی ماں ہو۔ ماں مر جائے تو لگتا ہے زمین پاؤں کے نیچے سے نکل گئی اور آدمی خلاء میں معلق رہ گیا۔

باہر آکر اس نے چنے خریدے، نل سے پانی پیا اور پھر آہستہ آہستہ چلتا ہوا دوبارہ اس سڑک پر آگیا جو جی ایم صاحب کے بنگلے کی طرف جاتی تھی۔ اچانک گھوڑا گاڑی ایک بس سے ٹکراتے ٹکراتے بچی۔ گاڑی بان بس ڈرائیور کو گندی گالیاں دیتا ہوا مریل گھوڑے کو بری طرح پیٹنے لگا۔ گھوڑے کی پیٹھ پر بڑے سے کھرنڈ سے خون بہنے لگا وہ لمحہ بھر کے لئے گھوڑے کی جگہ جت گیا۔ کچھ دیر چابک کھاتا اور درد سے بلبلاتا رہا پھر جب گھوڑا گاڑی دوسرے طرف مڑ گئی تو اسے یہ جان کر اطمینان ہوا کہ وہ گھوڑا نہیں آدمی ہے اور مزے سے فٹ پاتھ پر جا رہا ہے۔ وہ سگریٹ سلگا کر لمبے لمبے کش لینے لگا۔

سڑک کے دونوں جانب اونچے اونچے خوبصورت درخت تھے جن کے تنوں کو سفید رنگ سے پینٹ کیا گیا تھا۔ آس پاس پھول، پودے اور ہری بھری گھاس تھی۔ اس نے جی ایم صاحب کا بنگلہ نہیں دیکھا تھا لیکن اسے لوکیشن کا اندازہ تھا، ویسے بھی شادی بیاہ اور ماتم والا گھر تلاش کرنا مشکل نہیں ہوتا۔

ایک سبزہ زار کے پاس پہنچ کر وہ ٹھٹک گیا۔ یقیناً سامنے کا شاندار بنگلہ جی ایم صاحب کا ہی تھا۔ بنگلے کے باہر کشادہ جگہ پر کاریں اور جیپیں اس طرح کھڑی تھیں جیسے میلہ مویشیاں میں لاتعداد مویشی۔ چند ایک کاروں کو پہچان کر اسے اطمینان ہوا کہ وہ وقت سے پہلے نہیں آگیا۔

گیٹ سے اندر بہت بڑا لان تھا جس میں خوبصورت شامیانے لگے تھے اور نہایت عمدہ قسم کی رنگ برنگی کرسیاں بچھی تھیں مگر زیادہ تر لوگ چھوٹی چھوٹی ٹولیوں میں بٹے ادھر ادھر کھڑے باتیں کر رہے تھے وہ جس طرف

سے گزرتا، سلام کے لئے اس کا ہاتھ خود بخود اٹھ جاتا لوگ اسے چونک کر دیکھتے یا شاید اسے ایسا ہی محسوس ہوتا جیسے اس کا سلام کرنا ناگوار گزرا ہو۔ اسے فکر دامن گیر تھی کہ وہ جی ایم صاحب سے اظہار تعزیت کیسے کرے گا یوں اس نے احتیاطاً چند جملے سوچ رکھے تھے؛

"اللہ کا حکم سر۔"

"رب کی رضا سر۔"

"صبر کریں سر۔"

لیکن اسے یہ جان کر اطمینان ہوا کہ یہاں رسمی اظہار افسوس کی ضرورت تھی نہ گنجائش۔ جو آتا تھا خاموشی سے بیٹھ جاتا تھا یا دوسروں سے محو گفتگو ہو جاتا تھا۔ اس نے دیکھا جی ایم صاحب بہت مصروف تھے، کبھی اندر جاتے کبھی باہر آتے۔ اسے ان کے قریب جانے کی ہمت نہ ہوئی تاہم وہ ایسی جگہ کرسی رکھ کر بیٹھ گیا جہاں سے آتے جاتے ان کی نظر اس پر پڑ سکتی تھی۔

پھر اس کی نظر اپنے سینئر افسر پر پڑی پھر اس سے سینئر افسر پر۔ اسے لگا جیسے وہ اس کی جرأت پر حیران ہوں اور اندر ہی اندر غصے میں کھولتے اس کی جواب طلبی کی ڈکٹیشن دے رہے ہوں۔

وہ بہت مرعوب اور دل و دماغ کو شل کر دینے والی نظروں سے بچنا چاہتا تھا لیکن کہیں جائے امان نہ تھی اگر کہیں تھی تو جی ایم صاحب کی نظروں سے اوجھل ہو جانے کا احتمال تھا۔ اس نے پریشان ہو کر نظریں جھکا لیں اور اپنے سامنے اور آس پاس چلتے پھرتے لوگوں کے جوتوں اور ایڑیوں پر نظریں گاڑ دیں۔ تھوڑی دیر بعد

اس نے سر اٹھایا تو اس کی سمجھ میں نہ آیا کہ اس کا قد سکڑ کر بالشت بھر رہ گیا ہے یا لان میں موجود لوگ اچانک دیو قامت ہو گئے ہیں۔ وہ چاروں طرف سے بہت سے بڑے بڑے لوگوں اور انیس، بیس، اکیس اور بائیس گریڈ والے افسروں میں گھرا ہوا تھا۔ یہ وزیر، وہ سفیر، یہ چیئرمین، وہ سیکری یٹری۔ یہ آئی جی، وہ ایم ڈی۔ یہ ای ڈی، وہ ڈی جی۔ اسے یہ دیکھ کر ندامت ہوئی کہ اس کے آس پاس بڑے بڑے لوگ کیپیٹل لیٹرز کی طرح کھڑے تھے اور وہ حمزہ سا مزے سے کرسی پر بیٹھا ہوا تھا۔ اپنی کوتاہ عقلی پر اس کا ماتم کرنے کو جی چاہا۔ اس نے فوراً کرسی چھوڑ دی اور ایک طرف ہٹ کر کھڑا ہو گیا مگر ٹہلتے اور باتیں کرتے ہوئے لوگ خود بخود اس کے قریب آ جاتے۔ پھر اسے چونک کر دیکھتے جیسے اتنے چھوٹے قد کا آدمی انہوں نے پہلی بار دیکھا ہو۔

کاش وہ اپنے کسی کولیگ کو ساتھ لے آیا ہوتا۔۔۔ اس نے ادھر ادھر نظریں دوڑائیں شاید اسے کوئی اپنے قد کا آدمی مل جائے مگر وہاں سب نوگزے تھے۔ اس کا دل ڈوبنے سا لگا کہیں اس نے یہاں آ کر غلطی تو نہیں کی۔ اگر جی ایم صاحب اسے دیکھ لیں۔۔۔ ایک بھرپور نظر۔۔۔ نہ بھولنے والی۔۔۔ تو وہ چپکے سے اٹھ کر گھر چلا جائے۔

تھوڑی دیر میں اور بہت سے لوگ آ گئے۔

گیٹ کے باہر کاروں کی تعداد اور بڑھ گئی۔ اندر لان میں تل دھرنے کی جگہ نہ رہی تو کچھ لوگوں کو ڈرائنگ روم میں جانے کی دعوت دی گئی۔ وہ اندر جانے والوں میں شامل ہو گیا۔ وہ زیادہ نظروں کا سامنا نہیں کرنا چاہتا تھا۔ اسے صرف جی ایم

صاحب کی ایک بھرپور نظر کا انتظار تھا۔ ڈرائنگ روم میں گنتی کے چند لوگوں میں اس کا امکان زیادہ تھا۔

سجا سجایا ڈرائنگ روم اس کے دو کمروں کے کوارٹر سے زیادہ کشادہ اور نہایت خوبصورت تھا۔ کھڑکیوں کے بیش قیمت اور نفیس پردے، خوشنما قالین اور عالیشان صوفے دیکھ کر اندر داخل ہوتے ہوئے اسے جھجک محسوس ہونے لگی۔ اس نے ادھر ادھر نظر دوڑائی شاید بیٹھنے کے لئے معمولی قسم کی کرسی، اسٹول یا مونڈھا مل جائے مگر اسے گدے دار صوفے میں بیٹھنا پڑا۔ تھری سیٹر صوفے میں اس سمیت چار آدمی بیٹھے تھے شائد اس نے کچھ بھی جگہ نہیں گھیر رکھی تھی۔ اس نے دیکھا کارنس پر بڑی بڑی خوبصورت ٹرافیاں، میڈل اور سجاوٹ کی چیزیں پڑی تھیں۔ دروازے کے سامنے باریک تاروں میں پروئی ہوئی مچھلیاں معلق تھیں۔ ہوا کے جھونکوں سے بڑی مچھلیاں چھوٹی مچھلیوں کے پیچھے لپکتی تھیں۔ اسے لگا کہ تیرتے تیرتے اس کے پر اور گلپھڑے تھک گئے ہیں اور اپنا بڑا سا منہ کھولے شارک اس کے پیچھے لپکتی چلی آرہی ہے لیکن پھر اسے یہ جان کر اطمینان ہو گیا کہ بڑی اور چھوٹی مچھلیوں کے درمیان فاصلہ کم نہیں ہوتا اور وہ آپس میں ٹکراتی نہیں تھیں۔ اسی لمحے ساتھ والے کمرے سے کسی نے ڈرائنگ روم میں جھانکا جیسے اندھیری رات میں اچانک بجلی کوندتی یا سامنے سے آنکھوں پر سرچ لائٹ پڑتی ہے، اس کا دل اچھل کر حلق میں آگیا۔

وہ تعظیماً کھڑا ہونا چاہتا تھا کہ وہ پردے کے پیچھے چلی گئی مگر پردے کے نیچے سے دیر تک اس کے سفید اور اجلے پاؤں نظر آتے رہے۔ اس نے سامنے پھیلے

ہوئے اپنے پاؤں پیچھے ہٹا لئے۔ اسے پہلی مرتبہ پتہ چلا تھا کہ اس کے پاؤں اس قدر مٹیالے اور بھدے تھے۔

پھر اس کی نظر وال کلاک پر پڑی۔ اتنا بڑا، خوبصورت اور انوکھے ڈیزائن کا کلاک اس نے آج تک نہیں دیکھا تھا کیا پتہ وہ ماسٹر کلاک ہو۔ اس نے سنا تھا کہ مختلف کمروں میں لگے ہوئے کلاک ماسٹر کلاک سے کنٹرول ہوتے ہیں سب کے الارم ایک ساتھ بجتے ہیں اور سب کی سوئیاں ماسٹر کلاک کے تابع ہوتی ہیں اس نے یہ بھی سنا تھا کہ ماسٹر کلاک پر وقت عموماً درست ہوتا ہے لیکن اگر کبھی وقت ماسٹر کلاک سے آگے نکل جائے یا پیچھے رہ جائے تو ماتحت کلاک بھی غلط وقت بتانے لگتے ہیں۔

اچانک جی ایم صاحب اندر آگئے اور اس کی طرف دیکھے بغیر ہوا کے جھونکے کی طرح دوسرے دروازے سے باہر نکل گئے۔ اس نے دیوار پر لگی پینٹنگ میں پناہ لی۔

اس نے دیکھا۔

شام ہونے کو تھی۔۔۔ پہاڑی لڑکی اپنی بھیڑوں کو ہانکتی ہوئی گھر جارہی تھی اس کے ہاتھ میں زیتون کی شاخ تھی اور اس کے ہمراہ اس کے وفادار کتے۔۔۔ چاروں طرف سبزہ تھا تھوڑے فاصلے پر گھنا جنگل، عقب میں نیلی نیلی پہاڑیاں۔۔۔ اسے خیال آیا اگر کوئی بھیڑیا یا چیتا حملہ کر دے تو؟ اس نے پہاڑی لڑکی سے پوچھا،

"تمہیں ڈر نہیں لگتا؟"

"لگتا ہے۔" وہ بولی، "لیکن نہیں لگتا تھا۔ میرے کتے شیر سے زیادہ بہادر، چیتے

سے زیادہ پھرتیلے اور بھیڑیوں سے زیادہ خونخوار تھے میرا بھائی قریب ہی جنگل میں لکڑیاں کاٹتا تھا اس کے کلہاڑے کی دھمک سے جنگل گونجتا تھا اور اس کی للکار سن کر جانور سہم جاتے اور پرندے پھڑ پھڑا کر درختوں سے اڑ جاتے تھے لیکن پھر میں اپنی بھیڑوں، وفادار کتوں اور نیلی پہاڑیوں سمیت تصویر میں قید ہو گئی۔ اب میری بھیڑیں خاموش ہیں، کتے ساکت اور بھائی کے کلہاڑے کی آواز سنائی نہیں دیتی۔

اس نے چونک کر دیکھا سب لوگ اپنی اپنی نشستوں پر اطمینان سے بیٹھے تھے مگر وہ کھڑا تھا۔ جی ایم صاحب کے کمرے میں آنے اور لوٹ جانے کے بعد وہ اب تک کھڑا تھا۔ کھڑے کھڑے اس کی ٹانگیں شل ہو گئی تھیں۔ وہ جلدی سے پھر صوفہ میں دھنس گیا۔

میت کو لان میں لایا گیا تو سب لوگ باہر آ گئے اور نماز جنازہ کے لئے صفیں بنانے لگے۔۔۔ اس نے بہت کوشش کی کہ وہ اس ہجوم میں جی ایم صاحب کو ڈھونڈ نکالے اور نماز جنازہ پڑھتے ہوئے ان کے قریب کھڑا ہو مگر وہ اسے نہ مل سکے۔ بار بار اپنے دوسرے سینئر افسران سے اس کا سامنا ہو جاتا۔

دعا کے بعد وہ لپک کر آگے بڑھا اور جنازے کو کندھا دینے والوں میں شامل ہو گیا۔ دو ایک بار جی ایم صاحب قریب آئے مگر انہوں نے اسے نہیں دیکھا۔

بہت سے لوگ نماز جنازہ پڑھ کر رخصت ہو گئے تھے، اس کا خیال تھا اب تھوڑے لوگوں میں وہ اسے ضرور دیکھ لیں گے اور یاد بھی رکھ سکیں گے لیکن وہ دوسری جانب کندھا دے کر پیچھے ہٹ گئے اور سر جھکا کر جنازے کے پیچھے چلنے لگے۔

چند ایک بار اس کی جگہ بدلی گئی مگر وہ اس خیال سے پھر اپنی جگہ پر واپس آ جاتا کہ شاید وہ اس کی جگہ لینے آئیں تو ان سے آنکھیں چار ہو جائیں۔ لیکن ڈیڑھ دو میل چلنے کے بعد بھی انہوں نے اس کی طرف کوئی توجہ نہ دی تو اس کا دل بیٹھنے لگا۔

قبرستان پہنچتے پہنچتے شام کا اندھیرا ہر طرف پھیل گیا اور کچھ فاصلے سے ایک دوسرے کو پہچاننا مشکل ہو گیا۔

دفتر سے نکلے اب اسے تقریباً پانچ گھنٹے ہو چلے تھے اسے اپنے پانچ گھنٹے ضائع ہوتے نظر آ رہے تھے، تاہم اس نے ہمت نہیں ہاری اور میت کو لحد میں اتارتے وقت نیچے اتر گیا اور قبر کے اندر کھڑے ہو کر اوپر دیکھتا رہا کہ وہ اسے دیکھ رہے ہیں یا نہیں۔ قبر پر مٹی ڈالتے اور گلاب کا عطر چھڑکتے وقت بھی وہ پیش پیش رہا اور دعا کے دوران آمین کہتے ہوئے بھی اس کی آواز نمایاں تھی۔

اس کے دوسرے سینیئر افسران میں سے بہت سے اب بھی موجود تھے اور مسلسل اس کی کارکردگی کا نوٹس لے رہے تھے مگر وہ سب درخواست فارورڈ (Forward) کرنے والے تھے۔ آخری فیصلہ جی ایم صاحب کے ہاتھ میں تھا اور وہ اس کی طرف کوئی خاص توجہ نہیں دے رہے تھے۔

پھر قبرستان کے باہر کچھ کاریں آ کر رک گئیں۔ ان میں شاید جی ایم صاحب کی ایئر کنڈیشنڈ کار بھی تھی۔

دعا کے بعد جی ایم صاحب بچے کھچے بلند قامت لوگوں کے ہمراہ کار کی طرف چلے گئے اور وہ گم صم قبر پر کھڑا رہ گیا۔

لیکن پھر ایک شخص جو گورکنوں کو پیسے دے رہا تھا اس کی طرف آیا اور اس

کے ہاتھ پر پانچ روپے کا نوٹ رکھ دیا۔

اس کا جی چاہا وہ پھپھک پھپھک کر رونے لگے لیکن پھر اسے خیال آیا کہ اگر وہ دفتر میں اوور ٹائم کام کرتا تو بھی اتنے ہی پیسے بنتے اس نے پانچ روپے کا نوٹ جیب میں ڈالا اور ایک طرف چل دیا۔

***

۴

خواب در خواب

"اور تم تین قسم کے ہو جاؤ گے۔"

سو جو داہنے والے کیسے اچھے ہیں اور جو بائیں والے ہیں کیسے برے ہیں۔ اور جو اعلیٰ درجے کے ہیں وہ تو اعلیٰ درجے کے ہیں۔

اور قرب رکھنے والے ہیں باغوں میں نعمت کے

ان کا ایک بڑا گروہ تو اگلے لوگوں میں سے ہو گا اور تھوڑے پچھلے لوگوں میں سے ہوں گے۔

بیٹھے ہیں جڑاؤ تختوں پر تکیہ لگائے ان پر ایک دوسرے کے سامنے لئے پھرتے ہیں، ان کے پاس لڑکے۔ سدا لڑکے ہی رہنے والے آب خورے اور کوزے

اور پیالہ نتھری شراب کا

جس سے نہ سر دکھے اور نہ عقل میں فتور آئے

اور میوہ جو نسا پسند کر لیں۔

اور گوشت اڑتے ہوئے جانوروں کا جس قسم کا جی چاہے اور عورتیں گوری

بڑی آنکھوں والیاں۔ جیسے موتی کے دانے اپنے غلاف کے اندر بدلہ ان کاموں کا جو کرتے تھے۔

نہیں سنیں گے وہاں بکواس اور نہ گناہ کی بات
مگر ایک بولنا سلام سلام
اور داہنے والے کیا کہنے داہنے والوں کے
رہتے ہیں ان باغوں میں جہاں بے خار بیریاں ہوں گی اور کیلے تہ بہ تہ
اور سایہ لمبا اور پانی بہتا ہوا
اور میوے بہت ختم نہ ہوں گے اور نہ ان کی روک ٹوک ہو گی
اور بچھونے اونچے اونچے۔
ہم نے اٹھایا ان عورتوں کو ایک اچھے اٹھان پر
پھر کیا ان کو کنواریاں
پیار دلانے والیاں
ہم عمر
واسطے داہنے والوں کے"۔۔۔۔۔۔۔۔۔۔۔۔(الواقعہ)

وہ توے کی طرح تپی ہوئی زمین پر جلدی جلدی پاؤں رکھتا اور آگے بڑھتا ہے۔

سب سے پہلے اسے شیدو مہترانی دکھائی دیتی ہے۔ اس کے سر پر غلاظت سے بھرا ہوا ٹوکرا ہے۔ وہ ناک پر رومال رکھ لیتا ہے اور حیرت سے شیدو کو دیکھتا ہے۔ وہ بدبو سے بے نیاز غلاظت کو ٹوکرا اٹھائے یوں گزر جاتی ہے جیسے بتاشے بانٹنے

جا رہی ہو۔

پھر اسے پیرو ملتا ہے۔

پیرو کا باپ اس علاقے کا مشہور بھانڈ ہے۔ پہلے شادی بیاہ کے موقعوں پر اسی کے توسط سے طوائفیں بلائی اور نچائی جاتی تھیں مگر اب پیرو ہی اس کا واحد سہارا ہے۔ لیکن پیرو ناچنا اور گانا نہیں چاہتا۔ گھنگھرو باندھ کر ناچتے گاتے اور بیاہ شادیوں اور عقیقوں اور بدھائیاں دیتے، ویلیں وصول کرتے، وہ جوان ہو گیا ہے اور اسے اپنی ہم عمر لڑکیوں کے سامنے ناچتے ہوئے شرم محسوس ہوتی ہے۔ رات کو جب وہ زنانہ کپڑے پہن کر سرخ رنگ کا دوپٹہ اوڑھ کر اپنے باپ کی سارنگی کی تال اور بھائی کے طبلے کی تھاپ پر ناچتا گاتا اور طوائفوں کی طرح بھاؤ بتاتا ہے تو گاؤں کے لڑکے اسے "نی پیرو" کہہ کر چھیڑتے ہیں اور وہ شرم سے پانی پانی ہو جاتا ہے۔

وہ آگے بڑھتا ہے۔

اسے صادو ترکھان نظر تو نہیں آتا لیکن اس کی مخصوص کھانسی سنائی دیتی ہے۔ لکڑیوں چیر چیر کر اور برادہ پھانک پھانک کر اسے کتا کھانسی ہو گئی ہے۔ اسے جب بھی دورہ پڑتا ہے وہ تھوڑا سا گڑ چاٹ لیتا ہے۔

اور یہ بڑے ملک صاحب کا ڈیرہ ہے۔

مولوی فلک شیر کان پر ہاتھ رکھ کر بڑی خوش الحانی سے قصہ سنا رہا ہے۔ نوجوان مولوی فلک شیر حال ہی میں درسگاہ سے فارغ التحصیل ہو کر آیا ہے اس کا ارادہ بھٹکے ہوئے لوگوں کو صراط مستقیم پر لانا تھا لیکن بڑے ملک صاحب نے اس کی ڈیوٹی سوہنا وزینی کا قصہ سنانے پر لگا دی ہے۔

گاؤں سے باہر اسے بہت سے لوگ ملتے ہیں۔ اپنے وزن سے دگنا بوجھ اٹھاتے ہوئے دھوپ اور گرمی میں کام کرتے، پتھر توڑتے اور چارہ کاٹتے ہوئے۔ وہ ان سب کو محبت بھری الوداعی نظروں سے دیکھتا آگے بڑھتا ہے اور اسے اپنے گاؤں کا آخری آدمی باقی مسلی دکھائی دیتا ہے جو شکر دوپہر میں بڑے میدان اور تالاب کے کنارے مرے ہوئے جانوروں کی ہڈیاں تلاش کرتا پھرتا ہے۔

وہ توے کی طرح تپی ہوئی زمین پر اور تیزی سے پاؤں رکھتا اور اٹھاتا گیٹ کی طرف بڑھتا ہے اور تقریباً بھاگتے ہوئے اندر داخل ہوتا ہے۔ شکاری کتوں کی طرح اس کا پیچھا کرنے والے ل و کے تھپیڑے گیٹ پر آکر رک جاتے ہیں۔ اندر دور تک لمبی لمبی چمکیلی کاریں کھڑی ہیں۔ لان میں ڈرائیور ٹولیوں میں بٹے ہوئے ایک دوسرے کے زخموں کو کرید رہے ہیں۔ وہ پانی سے بھرے ہوئے حوض کو ایک نظر دیکھتا ہے اور اس کا جی چاہتا ہے وہ اس میں تحلیل ہو جائے۔ وہ دوسری گیٹ میں قدم رکھتا ہے۔

چاروں طرف خوبصورت پھولوں کے تختے ہیں۔ ہری بھری مخملی گھاس ہے اور زرق برق لباسوں میں خوبصورت عورتیں مرد آ جا رہے ہیں۔ وہ اندرونی دروازے پر پہنچتا ہے تو باوردی ملازم ادب سے دروازہ کھولتا اور جھک کر اسے سلام کرتا ہے۔ اندر داخل ہوتے ہیں اسے محسوس ہوتا ہے کہ اس کی دائیں یا بائیں کسی آنکھ کی پتلی ساکت ہو گئی ہے یا اپنی جگہ سے ہل گئی ہے۔ ابھی تھوڑی دیر پہلے اسے شید و مہترانی سے لے کر باقی مسلی تک سارے لوگ اور غلاظت کے ٹوکرے سے لے کر مرے ہوئے جانوروں کی ہڈیوں تک ساری چیزیں صاف اور ٹھیک دکھائی

دے رہی تھیں مگر اب چیزیں فوکس نہیں ہو رہی ہیں اور اسے ایک کے دو اور دو کے چار نظر آنے لگے ہیں۔

میزبان خاتون بیگم شداد کے ساتھ ویسی ہی مشکل و صورت کی ایک اور خاتون کھڑی نظر آتی ہے۔ دونوں کے بازو ایک جیسے چکنے اور ملائم ہیں۔ ہونٹ ایک جیسے رسیلے اور دونوں کی گردنوں میں ایک ہی طرح کے دمکتے ہوئے لاکٹوں نے اپنی طلائی باہیں حمائل کر رکھی ہیں اور وہ دونوں بار بار آپس میں اوور لیپ ہو جاتی ہیں۔

چیزوں کو آپس میں اوور لیپ ہونے سے بچانے اور انہیں اصلی حالت میں دیکھنے کے لئے اب اس کے پاس اس کے سوا کوئی چارہ نہیں کہ وہ اپنی ایک آنکھ بند کر لے اور جب دوسری تھک جائے تو پہلی آنکھ کھول لے۔

وہ اپنی ایک آنکھ بند کر لیتا ہے اور دوسری سے بہت سی چیزوں کو دیکھتا ہے۔ پردے خوشنما ڈیزائنوں کے۔

قالین نرم اور پھولوں والے جن پر چلتے ہوئے فخر و مسرت کا احساس ہوتا ہے۔

روشنیاں خوبصورت فانوسوں کی گود میں مسکراتی ہوئی اور ایئر کنڈیشن کی ٹھنڈی ہوا کے جھونکے، سیلنگ پینلوں سے آنکھ مچولیکھیلتے ہوئے ساگوان کے دروازے اور فرنیچر پالش سے چمکتے ہوئے صوفے فوم والے آرام دہ۔ لڑکے خوبصورت وردیاں پہنے ہاتھوں میں ٹرے اٹھائے جن میں مشروبات سے لبالب گلاس ہیں، اور بلوریں جام۔

مسکراہٹیں، خوش گپیاں، ہیلو ہیلو بولتے مسکراتے ہونٹ، کوکتی کوئلیں، چہکتی

مینائیں، گھگھو گھوں الاپتی فاختائیں اور غڑ غوں غڑ غوں کرتے کبوتر۔

رنگا رنگ ملبوسات، سوٹ، ٹائیاں، بیل باٹم، ساڑیاں اور میکسیاں جن میں خوشنما بروچ جگمگاتے ہیں۔

آنکھوں میں جلتی قندیلیں، پینگیں جھولتی بالیاں، معطر زلفیں، دمکتے نگینے، لشکارے مارتے لونگ، سگریٹوں کا خوشبودار دھواں اور دھوئیں کے مرغولے۔

بلاؤزوں، کرتیوں اور کھلے گلے کی قمیصوں سے جھانکتی مرمریں گولائیاں۔

پکوان اور میوے طرح طرح کے اور بہت

اور مرغ سیخوں میں پروئے ہوئے

"سو تم اپنے رب کی کون کون سی نعمتوں کو جھٹلاؤ گے"

اس کی دیکھنے والی آنکھ تھک جاتی ہے تو وہ اسے بند کر لیتا ہے اور دوسری آنکھ سے بہت سی چیزوں کو دیکھنا چاہتا ہے لیکن اسے کچھ نظر نہیں آتا۔

***

۵

بڑا سوال

اس نے اپنے ذہن کی لیبارٹری میں پہلے بھی بڑی بڑی باتیں دریافت کی تھیں مگر اس بار انکشاف کی جو نئی کونپل کھلی تھی وہ نہایت ہی غیر معمولی نوعیت کی تھی۔

ہر بار جب وہ کوئی نئی بات دریافت کرتا تھا اسے بے پناہ خوشی ہوتی تھی مگر اس بار ایسا نہیں ہوا۔۔۔ اس انکشاف نے اسے پریشان اور مضطرب کر دیا۔ اسے لگا اس نے ایک بڑی چٹان کے نیچے سے مٹی کھود ڈالی ہے اور اب چٹان اسے ہاتھوں پر روکنا پڑ گئی ہے۔

اپنی حماقت پر اسے رہ رہ کر افسوس ہو رہا تھا آخر اسے ایسا تجربہ کرنے کی کیا ضرورت تھی مگر اب کیا ہو سکتا ہے۔۔۔ چٹان اپنی جگہ سے سرک چکی تھی۔ بجلی کے سے کوندے نے گھٹا ٹوپ اندھیرے میں مستور منظر کی جھلک دکھا دی تھی۔ تیر کمان سے نکل چکا تھا اور جو کچھ معلوم ہو چکا تھا وہ واپس لاعلمی کے دریا میں نہیں پھینکا جا سکتا تھا۔

کچھ روز ملول اور پریشان رہنے کے بعد اس نے محسوس کیا کہ اس کے اندر ایک نئی خواہش کا چیونٹا کاہلانے لگا ہے کہ وہ حیرت انگیز منظر جس کو اسکی آنکھیں

دیکھ چکی تھیں سب کو دکھائے اور داد پائے۔ مگر یہ آسان اور سہل نہیں تھا۔ لوگ نئے خیالات کو آسانی سے قبول نہیں کرتے۔ اسے تمام مشکلات کا بخوبی اندازہ تھا مگر اس کے اندر یہ خواہش کہ وہ سب کو اس حیرت انگیز دریافت سے آگاہ کرے، شدت اختیار کرتی گئی۔

ایک بار جب شہر میں ایک بہت بڑا جلسہ ہو رہا تھا اس کا جی چاہا وہ اچانک اسٹیج پر پہنچ کر ایک ہی سانس میں ساری بات کہہ دے مگر اول تو اس کا اسٹیج تک پہنچنا ہی مشکل تھا دوسرا لوگوں کے مشتعل ہو جانے کا ڈر تھا۔ خطرات کا سامنا کرنے کے لئے وہ تیار تھا مگر اسطرح اس کا اصل مقصد ادھورا رہ جاتا۔

پھر ایک بار کسی رشتہ دار کی شادی کے موقع پر جب بہت سے لوگ ایک جگہ جمع تھے اسکا جی چاہا اعلان کر دے۔ مگر پھر وہ یہ سوچ کر کہ رشتہ دار پہلے ہی اس کے بارے میں اچھی رائے نہیں رکھتے وہ اس کی بات پر یقین کرنے کی بجائے اسے غلط معنی پہنانے کی کوشش کریں گے، خاموش رہا۔

آخر کئی دنوں کی سوچ بچار کے بعد اس نے فیصلہ کیا کہ اسے اس کام کی ابتدا اپنے گھر سے کرنی چاہئے اور اپنی بیوی کو اعتماد میں لینا چاہئے۔ اس کی بیوی پڑھی لکھی اور ذہین عورت تھی اور اگرچہ وہ بھی اس کے بارے میں کوئی زیادہ اچھی رائے نہیں رکھتی ہو گی ۔۔۔ مگر وہ ایک روایتی بیوی کی طرح اس کی وفادار ضروری تھی۔

اس کا خیال تھا کہ وہ اس کی بات سن کر حیرت سے اچھل پڑے گی مگر اس نے نہایت اطمینان سے اس کی بات سنی اور جب وہ کہہ چکا تھا وہ اسی اطمینان سے اٹھی اور باورچی خانے میں جا کر آٹا گوندھنے لگی۔

وہ پریشان ضرور ہوا مگر پھر اسے خیال آیا کہ اتنی بڑی بات سن کر اسے ہضم کرنے اور کسی نتیجے پر پہنچنے کے لئے کچھ وقت تو لگتا ہے۔ اس لئے اسے مہلت دینی چاہئے یقیناً وہ اس پر غور کرے گی اور جلد ہی نہایت حوصلہ افزارد عمل ظاہر کرے گی۔

مگر جب کئی روز گزر گئے تو اسے تشویش ہونے لگی کیا معلوم وہ اس کی بات سمجھی ہی نہ ہو؟

آخر ایک روز اس نے پوچھا ہی لیا، "میں نے تم سے جو بات کی تھی اس کا تم نے ابھی تک کوئی جواب نہیں دیا؟"

"کیا جواب دیتی" وہ بولی، "آپ تو ہمیشہ الٹی سیدھی باتیں سوچتے ہیں۔ کچھ گھر کی بھی فکر ہے۔"

"کیوں کیا ہوا گھر کو؟"

"گھر میں آلو اور پیاز ختم ہو گئے ہیں۔ ڈپو سے آٹا منگانا ہے۔ ماموں جان کی نظر کا امتحان کرانا اور خالہ جان کو افسوس کا خط لکھنا ہے۔ کئی دن سے کہہ رہی ہوں کہ منی کے یونیفارم کا کپڑا لادیں میں خود سی دوں گی لیکن آپ کو تو یہ بھی معلوم نہیں کہ کب سے میری سینڈل ٹوٹ چکی ہے۔"

بیوی سے مایوس ہو کر اس نے اپنے قریبی دوست ن سے رجوع کیا۔ ن نے اس کی گفتگو نہایت توجہ اور دلچسپی سے سنی مگر کوئی جواب دینے کی بجائے اسے پکڑ کر نئی فلم دکھانے لے گیا۔ فلم کے دوران اس نے ن کو یاد دلایا کہ اس نے اس سے بہت ہی اہم بات کی تھی۔ اس پر ن نے یہ کہہ کر بات ختم کر دی کہ وہ اسے کسی ڈاکٹر

کے پاس لے جائے گا اور اس کا علاج کرائے گا۔

ایک ایک کر کے اس نے سبھی دوستوں سے بات کی مگر کسی نے بھی اس کی بات توجہ اور سنجیدگی سے نہیں سنی۔

دوستوں سے مایوس ہو کر وہ گھر میں پناہ گزین ہوا اور کئی روز تک کتابیں پڑھتا اور مختلف قسم کے چھوٹے موٹے تجربے کر کے وقت گزارتا رہا۔ ایک صبح اس کی بیوی چائے لے کر آئی تو وہ خلاف معمول مہربان اور خوش نظر آتی تھی۔ اس کے دل میں امید کا پھول کھلا۔

"معلوم ہوتا ہے میری بات تمہاری سمجھ میں آگئی ہے؟"

"کونسی بات؟"

"وہی جو میں نے بہت دن پہلے تم سے کی تھی"

"حقیقت کو جھٹلایا نہیں جا سکتا" وہ اطمینان سے بولی۔

"یہی تو میں کہتا ہوں" اس نے خوش ہو کر کہا۔

"حقیقت وہ نہیں جو آپ سوچتے ہیں۔"

اس پر اوس سی پڑ گئی۔ دل بجھ گیا۔ درشت لہجے میں بولا۔

"تمہارے پاس اپنی بات کا کیا ثبوت ہے؟"

"میرے پاس اپنی کسی بات کا کوئی ثبوت نہیں ہے اور نہ مجھے اپنی کوئی بات کسی لیبارٹری میں جا کر ثابت کرنے کی ضرورت ہے۔ بس جو کچھ جیسا ہے، ٹھیک ہے۔"

"مجھے تمہاری ذہانت پر ہمیشہ فخر رہا" اس نے خوشامدانہ لہجے میں کہا، "اور میری یہ خواہش ہے کہ تم میری بات پر غور کرو۔۔۔ اس سے میرا حوصلہ بڑھے گا

کم از کم میری شریک حیات تو میری ہم خیال ہے۔"

"میں آپ کی بات پر کیسے یقین کرلوں" وہ رکھائی سے بولی، "کیا میں آپ کو جانتی نہیں ہوں؟"

"تم مجھے ضروری جانتی ہو" اس نے کہا، "میری اچھائیوں اور برائیوں سے واقف ہو، مجھ میں بہت سی خامیاں ہو سکتی ہیں لیکن میں جس سلسلے میں تمہاری رائے لینا چاہتا ہوں وہ میرا ذاتی مسئلہ نہیں ہے۔"

"آپ کبھی گھاٹے کا سودا نہیں کرتے" وہ تنک کر بولی اور اٹھ کر چلی گئی اور وہ اپنا سامنہ لے کر رہ گیا۔

دو ایک دن اور گزر گئے۔ وہ اس سے کھنچا کھنچا سا رہا مگر اس نے ذرا پرواہ نہ کی، معمول کے مطابق گھر کا کام کاج کرتی رہی۔ آخر تیسرے چوتھے روز اس نے خود ہی بات شروع کی۔

"پھر تم نے کچھ مزید سوچا؟"

"نہیں مجھے فرصت نہیں ہے"

پھر کچھ دیر کے توقف کے بعد خود ہی کہنے لگی، "میرا مشورہ ہے آپ ایسی باتیں سوچنا چھوڑ دیں یہ نہایت اہم اور سنجیدہ مسئلہ ہے اس کے نتائج بہت خطرناک ہو سکتے ہیں"

"میں جانتا ہوں" اس نے کہا، "مگر میں خاموش نہیں رہ سکتا۔ ہاں تم میرا ساتھ دو تو میرا کام آسان ہو سکتا ہے۔ محلے کی عورتیں تمہیں اچھا سمجھتی ہیں"

"جی نہیں مجھے تو معاف ہی رکھئے۔"

"اچھا مدد نہیں کرنا چاہتیں نہ کرو۔۔۔ مگر یہ تو بتاؤ کہ تم میری بات پر یقین کرتی ہو؟"

"نہیں"

"مگر کیوں"

"اس لئے کہ جس شخص کو اتنا یاد نہ رہتا ہو کہ اس نے رات کیا کھایا تھا اور جسے یہ یاد نہ ہو کہ اس کی بیوی نے جو ساڑھی پہنی ہوئی ہے وہ اسے کسی اور نے تحفے میں نہیں دی بلکہ اس کے اپنے شوہر نے خود خرید کر دی تھی تو ایسے شخص کو اتنی بڑی اور دور کی باتوں کا پتہ کیسے چل سکتا ہے؟"

"بڑی بڑی باتیں سوچنے والوں سے ایسی چھوٹی چھوٹی فروگذاشتیں ہو جاتی ہیں۔"

"لیکن میں نے دیکھا ہے" وہ بولی، "آپ کبھی کبھی بہت چھوٹی چھوٹی باتیں بھی سوچتے ہیں"

"ہاں۔۔۔ وہ بھی سوچ لیتا ہوں۔۔۔ تم ہر بات میں میری ذات کو کیوں درمیان میں گھسیٹ لاتی ہو۔۔۔ آخر تم کیوں نہیں سمجھتی ہو کہ میں گمنام اور عام سی موت نہیں مرنا چاہتا۔۔۔ میں نے جو کچھ دریافت کیا ہے وہ نہایت اہم ہے اور میں اسے دنیا تک پہنچانا چاہتا ہوں خواہ اس کے لئے مجھے بڑی سے بڑی قربانی کیوں نہ دینی پڑے۔"

"مجھے افسوس ہے" وہ دھیمے لہجے میں بولی، "میں اس سلسلے میں آپ کی کوئی مدد نہیں کر سکوں گی۔"

"یہ تمہارا آخری فیصلہ ہے؟"

"ہاں"

بیوی کی باتوں سے ایک بار پھر مایوس ہو کر۔۔۔وہ کئی روز تک اداس رہا۔ اسے رہ رہ کر خیال آتا ہے۔۔۔ کہ اگر وہ اپنی شریک حیات اور قریبی دوستوں کو اپنا ہم خیال نہیں بنا سکا تو دوسرے لوگوں کو کیسے قائل کرے گا۔ مگر اس نے ہمت نہیں ہاری۔ اس نے فیصلہ کر لیا کہ وہ اپنے باپ سے بات کرے گا۔ اگرچہ اس کے باپ کے عقائد اور نظریات بہت پختہ تھے مگر وہ علمی باتوں کو سمجھنے اور پرکھنے کی بے پناہ صلاحیت رکھتے تھے۔ کم از کم وہ اسے بہتر مشورہ ضرور دیں گے۔

اس نے اپنے باپ کی نظر کا معائنہ کرایا اور انہیں نئے نمبر کی عینک خرید کر دی کئی روز ان کی خدمت میں حاضر ہوتا اور طرح طرح کے موضوعات پر بحثیں کرتا رہا پھر ایک روز ڈرتے ڈرتے اس نے اپنا اصل مدعا بیان کیا۔

وہ نہایت اطمینان سے سنتے رہے پھر بولے۔

"برخوردار۔۔۔ جب تم ابتدائی جماعتوں میں پڑھتے تھے تو میں نے اس وقت سے لے کر آج تک کئی بار تمہیں الٹی سیدھی کتابیں پڑھنے اور بے معنی باتوں پر سوچتے رہنے سے منع کیا مگر تم باز نہ آئے۔۔۔ اب ماشاء اللہ تم ایک ذمہ دار شوہر اور باپ ہو اب تو تمہیں ایسی واہیات باتوں کے بارے میں وقت ضائع نہیں کرنا چاہئے"

"ابا جی" اس نے پریشان ہو کر کہا، "یہ واہیات باتیں نہیں ہیں۔ یہ اتنا اہم اور بڑا مسئلہ ہے کہ اگر سب لوگ میری طرح سوچنے لگ جائیں تو ایک بہت بڑی تبدیلی

آسکتی ہے۔"

"میرا مشورہ ہے" اس کے باپ نے کہا، "تم ایسی باتوں پر سوچنا چھوڑ دو آخر تمہیں اس سے کیا فائدہ حاصل ہو گا۔"

"فائدہ؟"

"ہاں۔۔۔ الٹا لینے کے دینے پڑ جائیں گے اور تمہارا سکون الگ چھن جائے گا۔"

"سکون تو اب بھی چھن گیا ہے ابا جی اور میں اتنی بڑی بات کیسے چھپا سکتا ہوں۔ کیسے خاموش رہ سکتا ہوں میں انسانی تاریخ کو کیا منہ دکھاؤں گا۔"

"تم بالکل فکر نہ کرو۔۔۔ انسانی تاریخ کو اپنے فطری ارتقاء کی منزلیں طے کرنی ہیں اور وہ کرتی رہے گی۔۔۔ تم کاروباری معاملات پر توجہ دیا کرو"

باپ کی گفتگو سے دل برداشتہ ہو کر اس نے ایک عالم دین کا سہارا لیا اور اسے اور زیادہ مایوسی ہوئی جب انہوں نے بتایا کہ اس مسئلے کے بارے میں کتابوں میں کہیں ذکر نہیں آیا۔۔۔ اور یہ کہ ایسی باتوں پر سوچنا گناہ ہے۔

اب اس کے پاس ایک ہی راستہ رہ گیا تھا کہ وہ اپنے خیالات کو مضمون کی شکل میں اخبار کو بھیج دے اور اس نے ایسا ہی کیا۔ لیکن ایک روز ڈاک سے اسے اپنا مضمون واپس مل گیا۔ ایڈیٹر نے لکھا تھا۔

"قواعد ہمیں ایسے مضامین کی اشاعت کی اجازت نہیں دیتے، ویسے بھی آپ کی تحریر میں پختگی نہیں ہے آپ مشق جاری رکھیں گے تو بہتر زبان لکھنے لگیں گے۔"

اس نے چاہا کہ وہ اپنے خیالات دوسروں تک پہنچانے کی خواہش کا گلا گھوٹ کر

کوئی دوسرا کام جو اس کے گھریلو اور کاروباری معاملات کو بہتر بنانے میں مدد سے شروع کر دے اور اس نے ایسا ہی کیا مگر اس کے بعد اس کی اپنی زندگی میں ایک نئے باب کا اضافہ ہوا۔

اب وہ کئی برسوں سے مجذوبیت کی حالت میں شہر کی سڑکوں پر گھومتا پھرتا ہے کوئی کچھ دے دیتا ہے تو کھالیتا ہے۔ جہاں جی چاہتا ہے پڑ کر سو رہتا ہے۔ ہاں اسے سکول کے بچوں سے بڑی دلچسپی ہے۔ چھٹی کے وقت وہ کسی نہ کسی سکول کے گیٹ پر پہنچ جاتا ہے اور ایک ایک بچے کو غور سے دیکھتا رہتا ہے۔ بچے اس پر آوازے کستے اور اس سے طرح طرح کے سوالات پوچھتے ہیں۔

"سی اے ٹی؟"

"کیٹ"

"آر اے ٹی؟"

"ریٹ"

"چھ دونی؟"

"بارہ"

بچے اپنے سوالوں کے درست جواب سن کر خوش ہوتے ہیں مگر وہ اداس ہو جاتا ہے شاید وہ کسی بڑے سوال کے پوچھے جانے کا منتظر ہے۔

* * *

۶

دیمک کا گھروندہ

اور چونکہ ویرانہ جنگل اور تاریکی سانپوں کے مسکن ہوتے ہیں اس لئے لوگ شہروں سے بھاگ کر جنگلوں اور ویرانوں کی طرف رخ نہیں کریں گے۔ بلکہ اپنے اپنے گھروں میں محصور ہو جائیں گے انسانی نسل کے لئے جب بھی کوئی خطرہ درپیش ہوا دھرتی نے ہمیشہ اسے آغوش میں پناہ دی ہے۔ انسان خوف زدہ چوہوں کی طرح زمین کے اندر ہی اندر گھستے چلے جائیں گے یہاں تک کہ شہر کے نیچے ایک اور شہر آباد ہو جائے گا سرنگوں اور انڈر گراؤنڈ بیس منٹوں کا جال پورے شہر میں پھیل جائے گا۔ جس سے عمارتوں کی بنیادیں کھوکھلی ہو جائیں گی۔ اور شہر زمین میں دھنس جائے گا۔ گویا تاریخ خود کو دہرائے گی میرا یہی خیال ہے کہ ہڑپہ، موہنجو ڈارو اور ٹیکسلا کے ساتھ بھی ایسا ہی ہوا ہو گا۔ سو سال کی عمر پا کر انسان کا روپ دھارنے والے سانپوں نے جب شہروں پر یلغار کر دیتی ہو گی تو ان لوگوں ان کے خوف سے گھروں کہ آہنی دروازے لگا کر بند کر لیا ہو گا پھر آدمی چوہوں کی طرح سرنگیں ب اور بل کھود کر زیر زمین دھرتی کے اندر رہنے لگے ہونے بلند و بال عمارتوں کی بنیادیں سرنگوں کے جال سے کھوکھلی گئی ہونگی اور پھر یہ شہر زمین میں

دھنس گئے ہوں گے۔ یا یوں کہہ لیجئے کہ عمارتیں بھی خوف زدہ ہو کر دبک گئی ہوں گی لیکن میں ایسا نہیں ہونے دوں گا۔ یہی وجہ ہے کہ میں اس راز کو اپنے تک محدود رکھنا چاہتا ہوں لیکن اس کی وجہ صرف یہ نہیں ہے اس کی دوسری وجہ اور بھی ہے اور وہ یہ ہے کہ میں بنیادی طور پر ایک بزدل انسان ہوں مجھے ڈر ہے کہ جونہی میں کسی آدمی سے اس بات کا ذکر کروں گا وہ آدمی مجھے بغیر آنکھیں جھپکائے تھوڑی دیر تک گھورتا رہے گا پھر مجھے ڈس کر کسی نالی میں روپوش ہو جائے گا۔

***

۷

بچھڑے ہوئے ہاتھ

وہ جب سے اپنے جسم سے بچھڑا ہے دولخت ہو گیا ہے اور اگرچہ وہ پوری طرح صحت مند ہو چکا ہے لیکن اسے لگتا ہے جیسے اس کا دھڑ پتھر ہو گیا ہو یا جسم سے الگ ہو کر اس کی روح ہوا میں تیرتی پھرتی ہو اور حالانکہ اس قبر پر جہاں اس کا گردن کے بغیر جسم دفن ہے اس کے نام کا کتبہ نہیں لگا ہوا ہے لیکن اسے لگتا ہے جیسے ب کی بجائے وہ خود مر چکا ہے یا زندہ در گور ہو گیا ہے اور حالانکہ ب کے جسم کی لگام تھامے جہاں چاہتا ہے اس کے پاؤں سے چلتا پہنچ جاتا ہے اور ب کے ہاتھ پاؤں اس کے ہر حکم کی تعمیل کرتے ہیں پھر بھی اسے اپنے ہاتھ پاؤں بہت یاد آتے ہیں اور اس میں شک نہیں کہ ب کا جسم اس کے اپنے جسم سے زیادہ خوبصورت اور تر و تازہ ہے لیکن اسے اپنے جسم کی یاد بہت ستاتی ہے اور وہ کئی بار ب کی ٹانگوں سے چلتا اس قبر پر بھی گیا ہے جہاں اس کے ہاتھ پاؤں اور جسم کے باقی اعضاء دفن ہیں کئی بار اس نے ب کے ہاتھ اٹھا کر اپنے ہاتھوں کے لئے فاتحہ خوانی بھی کی ہے۔ ہاتھ پاؤں کے علاوہ اسے اپنے کندھے بھی یاد آتے ہیں جن پر اس کا بیٹا جاوید بالکل اسی طرح سوار ہو جاتا تھا جیسے وہ ب کے جسم پر سوار ہے اسے اپنے پاؤں کی چاپ بھی بہت یاد آتی

ہے جسے سن کر ناہید کو اس کی دستک سے پہلے ہی اس کے آنے کا پتہ چل جاتا تھا اور ٹانگیں۔۔۔ جن کو وہ برسوں جگہ جگہ لئے پھرا۔۔۔ اور پیٹھ جسے وہ کئی برس تک آرام دہ بستر مہیا نہ کر سکا لیکن اسے سب سے زیادہ اپنے ہاتھ یاد آتے ہیں اور اسے ایسا لگتا ہے جیسے وہ اپنے ہاتھوں سے بچھڑ کر ہی خود سے جدا ہوا ہے۔ جب وہ چھوٹا تھا تو ماں اس کے ہاتھوں کو اپنے ہاتھ میں لیتی آنکھوں سے لگاتی اور بار بار چومتی تھی۔ پھر اس نے ان ہاتھوں سے تختی لکھنا سیکھا۔ ماسٹر نور محمد سزا کے لئے ہاتھ نکالنے کو کہتے تو وہ ہاتھوں کو پشت کی طرف چھپا لیتا۔ پھر اس نے ان ہاتھوں سے میٹرک کے امتحان کے پرچے حل کئے اور ضلع بھر میں اول رہا ان ہاتھوں سے اس نے کالج کے زمانے میں موٹی موٹی کتابوں کی ورق گردانی کی۔ ناہید کے نام زندگی کے بہترین خطوط انہی ہاتھوں سے لکھے اور کئی بار اس کے ماتھے پر آئی ہوئی لٹ کو سلجھایا۔ جب اس کی ماں بیمار پڑ گئی تو وہ رات رات بھر اپنے ہاتھوں سے اس کا سر دباتا اور اسے اپنے سے دوا پلاتا۔ اپنے ہاتھوں پر اس کی بے شمار یادیں نقش تھیں۔ ہتھیلیوں پر اس کی قسمت کی لکیریں کھدی ہوئی تھیں اور چھنگلی میں اس نے منگنی کی انگوٹھی پہنی تھی۔ جس کے ننھے سے نگینے میں خوبصورت مناظر کی متحرک فلم چلتی رہتی تھی۔ جب اس نے آخری بار اپنے ہاتھوں سے معاہدے پر دستخط کئے تھے تو اپنے ہاتھوں اور بازوؤں کو بار بار چوما اور آنکھوں سے لگایا تھا کاش اس کے اپنے جسم کا کوئی ایسا حصہ باقی رہ جاتا جو آئینے کے بغیر دیکھا جا سکتا کاش کوئی ایک ہاتھ ہی اس کا اپنا ہوتا جو اسے زندہ ہونے کا احساس دلاتا رہتا۔ اسے اپنے بائیں ہاتھ کی کٹی ہوئی انگلی جو کبھی اسے بہت بدنما معلوم ہوتی تھی اور وہ محفلوں میں اسے چھپانے کی کوشش کرتا رہتا

تھا، بہت یاد آتی ہے۔ اگر وہ کٹی ہوئی انگلی اسے پھر مل جائے تو وہ ہر ایک کو فخر سے دکھائے اور کہے "دیکھو یہ میری اپنی انگلی ہے"۔ مگر اب اسے لگتا ہے اس کا اپنا کچھ نہیں ہے جیسے وہ کرائے کی گاڑی چلا رہا ہے پتہ نہیں کب اسے اسٹیرنگ سے ہٹا دیا جائے اور وہ ہوا میں معلق رہ جائے۔ نجانے کب اس کے ہاتھ سے ب کے جسم کی مہار چھوٹ جائے اور وہ ہوا میں تیرنے لگے اور اس کی گردن کے نیچے خلاء کے سوا کچھ نہ ہو۔ راتوں کو اکثر وہ اپنے بے سر کے جسم کو ہاتھ پھیلائے سڑکوں اور بازاروں میں ٹھوکریں کھاتے دیکھتا ہے۔ تیز رفتار موٹریں اس کے جسم کو کچل کر آگے بڑھ جاتی ہیں تو وہ اٹھ کر گردن کی تلاش میں پھر سے بھاگنا شروع کر دیتا ہے وہ اس کے پیچھے پیچھے بھاگتا اور اسے آوازیں دیتا ہے لیکن وہ ہاتھ پھیلائے دور ہوتا جاتا ہے اور اس کے ہاتھ نہیں آتا، ہاتھ بھی تو اس کے اپنے نہیں ہیں۔ کبھی کبھی اسے اپنے ہاتھ ہوا میں اڑتے نظر آتے ہیں اور وہ ب کی ٹانگوں پر ان کے ساتھ ساتھ چلتا رہتا ہے کبھی کبھی اسے اچانک اپنے ہاتھ جسم کے الگ ہو کر سڑک کے کنارے پڑے ہوئے مل جاتے ہیں تو وہ انہیں ب کے ہاتھوں کی مدد سے اٹھا کر صاف کرتا اور آنکھوں سے لگاتا ہے۔ جب وہ ہوش میں آیا تھا اور مانگے ہوئے ہاتھ پاؤں میں پہلی بار حرکت ہوئی تھی تو صرف ایک بار ب کی بیوی نے اپنے شوہر کے ہاتھ کو بوسہ دیا تھا مگر وہ بوسہ ہاتھ پر چپک کر رہ گیا تھا اور اسے لگتا تھا جیسے وہ زخم کی طرح ہر وقت اس کے ہاتھ سے رستا رہتا ہو مگر وہ ہاتھ اس کا کہاں تھا۔۔۔ وہ تو ب کا ہاتھ تھا اور ب کی بیوی کا اس پر زیادہ حق تھا۔ ہاتھ ہی نہیں اس نے تو ب کا پورا جسم قرض لے رکھا ہے وہ کسی بھی وقت اپنا قرض واپس مانگ سکتی ہے مگر وہ معاہدہ! معاہدہ اور نکاح کے فارماس کی

سمجھ میں نہیں آتا کہ الف اور ب کی بیویوں میں سے کون بیوہ ہو چکی ہے ب کی بیوی اس پر قانونی حق نہیں رکھتی لیکن دراصل اس کے جسم پر اسی کا حق ہے اور الف کی بیوی جو دراصل بیوہ ہو چکی ہے معاہدے کی رو سے اب تک سا کن ہے۔ یہ عجیب بات ہے لیکن وہ کیا کر سکتا ہے اس کا تو جی چاہتا ہے کہ وہ رات کو ب کے کندھوں سے الگ ہو کر اپنے گھر چلا جائے اور ب کے بے سر کے جسم کو اس کے گھر کی طرف بھیج دیا کرے۔ اسے اور بھی کئی طرح کی باتوں کی سمجھ نہیں آتی۔۔۔ مثلاً گواہی دیتے وقت ب کے ہاتھ پاؤں کا اس کے بارے میں کیا رویہ ہو گا اور خود اس کے اپنے ہاتھ پاؤں کس کی گواہی دیں گے۔ لیکن ان سب باتوں سے زیادہ اسے ایک اور پریشانی نے گھیر رکھا ہے وہ ناہید کے ماتھے پر آئی ہوئی لٹ سنوارنا چاہتا ہے تو اسے لگتا ہے جیسے یہ لٹ وہ نہیں ب سنوار رہا ہے۔ ناہید فرط محبت سے اس کا ہاتھ اپنے ہاتھوں میں لے کر دباتی ہے تو اسے لذت کی بجائے رقابت کا احساس ہوتا ہے۔ وہ محبت کے لمس کو ترس گیا ہے اور اسے شک ہے کہ ب کے دھڑ سے اس کی گردن جوڑتے وقت وہ کئی اہم اعصابی تار جوڑنا بھول گئے ہیں۔

***

۸

زوال کے اسباب

کھدائی کا کام برابر جاری ہے۔

اور نت نئی چیزیں سامنے آرہی ہیں۔

اس لئے ماہرین کسی حتمی نتیجے پر پہنچے میں دشواری محسوس کر رہے ہیں۔ مثلاً پہلے ان کا خیال تھا کہ وہ غذا کی قلت کا شکار ہو گئے تھے لیکن جب مزید کھدائی کے بعد اناج جسے بھرے ہوئے گودام دریافت ہوئے تو ماہرین شش و پنج میں پڑ گئے۔

ماہرین کی کمیٹی کے ایک ممتاز رکن نے اپنی رپورٹ میں لکھا ہے کہ لوٹ مار اور چوری ڈکیتی اس زمانے میں عام تھی اور گھر میں، غذائی اجناس اور خوبصورت عورتوں کو رکھنا موت کو دعوت دینے کے مترادف تھا۔ اس لئے خوبصورت عورتوں کی شکلیں بگاڑ دی جاتی تھیں یا ان کے دام وصول کر لئے جاتے تھے۔ نقدی اور غذائی اجناس کے بڑے بڑے بینک قائم ہو گئے تھے لوگ سال بھر کا غلہ ان بینکوں میں جمع کرا دیتے تھے۔ لیکن ان بینکوں کا حساب و کتاب کسی ایسی اجنبی زبان میں لکھنے کا رواج تھا جو ان لوگوں کی بولنے کی زبان سے بے حد مختلف تھی۔ بعض اوقات لکھنے والا خود بھی اپنا لکھا ہوا نہیں پڑھ سکتا تھا لئے غذا کے اکاؤنٹ ہولڈروں

کو غذا حاصل کرنے میں غیر معمولی دشواریاں پیش آتی تھیں، یہی ممتاز رکن رپورٹ میں آگے جا کر لکھتا ہے کہ اجنبی زبان کی تحریوں کو پڑھنے کے لئے بینک کے عملے کو بڑی جدوجہد کرنی پڑتی تھی۔ انہیں موٹی موٹی لغاتیں اور امدادی کتابیں درکار ہوتی تھیں۔ جن کی مدد سے وہ متعلقہ بھی لیتے تھے۔ بعض اوقات فائل میں درج تشریحوں، وضاحتوں اور منافع کی شرائط وغیرہ پڑھنے میں اتنے لگ جاتے تھے کہ اکاؤنٹ ہولڈر یا اس کا کنبہ غذا کی قلت کا شکار ہو جاتا تھا۔ رپورٹ میں اس بات کے امکان کا ذکر بھی ملا ہے کہ بینک کے گوداموں میں پڑی پڑی اجناس گل سڑ کر زہریلی ہو گئیں اور ان سب کی ہلاکت کا سبب بنیں۔

پھر کچھ ماہرین نے یہ خیال پیش کیا کہ وہ بھوک سے نہیں کسی وبائی بیماری کے نتیجے میں ہلاک ہوئے تھے۔ لیکن پھر اسی بیماری سے بچاؤ کے ٹیکے اور تیر بہدف دوائیوں کے بڑے بڑے ڈرگ اسٹورز دریافت ہوئے تو ماہرین میں پھر اختلاف رائے پیدا ہو گیا۔ بعض کہتے ہیں کہ وبائی امراض سے بچاؤ کے ٹیکے اور تیر بہدف دوائیاں چند ایک لوگوں کے پاس نقدی ختم ہو گئی تو وہ ایڑیاں رگڑ رگڑ کر مر گئے۔ ان کی بے کفن لاشیں سڑتی رہیں۔ جس سے فضا میں ایک نہایت مہلک مرض کا زہر پھیل گیا اور اس وقت تک اس مہلک مرض کی دوا ایجاد نہیں ہوئی تھی۔

یہ سب امور ابھی زیر بحث ہیں کہ ایک روز بات نے ماہرین کو پریشان کر دیا ہے۔ شہر کے مختلف حصوں سے حاصل کی گئی کھوپڑیوں کی لیبارٹری رپورٹ ان کے سامنے ہے اور وہ کئی روز سے نئی بحث میں الجھے ہوئے ہیں۔ کسی کی سمجھ میں یہ بات نہیں آ رہی ہے کہ ایک ہی عہد کی ان کھوپڑیوں میں اس قدر فرق کیوں ہے۔

اگر کھوپڑیاں کھدائی کے وقت ملبے کی مختلف سطحوں (LAYERS) سے بر آمد ہوئی ہوتیں تو یہ امر اس قدر حیران کن نہ ہوتا مگر صورت حال اس کسے بالکل مختلف ہے۔ یہاں تک کہ ان دو کھوپڑیوں کے درمیان بھی نشو و نما اور ارتقاء کے لحاظ سے زمین و آسمان کا فرق ہے جو گودام کے ایک دروازے کے اندر اور باہر سے بیک وقت بر آمد ہوئی ہیں۔

رپورٹ سے پتہ چلتا ہے کہ انسانی زندگی کے ارتقاء کے ابتدائی دور سے لے کر زوال کے دن تک ہر صدی کے لوگ اس شہر میں ایک ساتھ زندہ تھے۔ اڑن کھٹولہ قسم کی چیز کے قریب سے جو کھوپڑی حاصل کی گئی ہے اس کے اور گدھا گاڑی کے قریب سے ملنے والی کھوپڑی میں ارتقائی لحاظ سے صدیوں کا بعد ہے حالانکہ رپورٹ سے صاف ظاہر ہے کہ گدھا گاڑی والے انسان کی موت ارن کھٹولہ قسم کی چیز گرنے ار ٹکرانے سے ہوئی تھی۔

تو کیا وہ سب ذہنی طور پر ایک دوسرے سے اس قدر مختلف ہوتے ہوئے بھی جسمانی طور پر ایک ہی عہد کے لوگ تھے؟ ماہرین کی کمیٹی کے سربراہ کا خیال ہے کہ اسی ایک نکتے سے شہر کے زوال کے اسباب کا صحیح صحیح کھوج لگانے میں کامیابی حاصل ہو جائے گی۔

***

۹

ہاری ہوئی جیت

ریلوے اسٹیشن پر ایسی بھیڑ تھی جیسے آج شہر کی ساری خلقت کو سفر درپیش ہو۔

پلیٹ فارم پر بے شمار بوگیوں والی گاڑی آدمیوں عورتوں اور بچوں سے کھچا کھچ بھری ہوئی تھی اور انجن لگنے کا انتظار کر رہی تھی۔ اس کے پاس واپسی کا ٹکٹ موجود تھا وہ متعلقہ بوگی میں سیٹ نمبر تلاش کر کے کھڑکی کے ساتھ بیٹھ گیا تھا اور حالانکہ ابھی رخصتی میں چار مہینے پڑے تھے۔ مگر وہ آنے والے اس لمحے کا تصور کر کے آبدیدہ ہو گیا۔

گاڑی میں سوار ہوتے ہی اس کا ذہن رواں ہو گیا اور بیس بائیس برس پہلے کا وہ دن یاد آنے لگا تھا جب اسے اسی شہر سے اس کی ولادت کی اطلاع ملی تھی۔ اس سے پہلے وہ بیٹے کی پیدائش کی خوشی کا ذائقہ چکھ چکا تھا مگر بیٹی کی پیدائش کی خبر میں ایک اور طرح کی خوشی اور عجیب سا احساس چھپا ہوا تھا جس کی صحیح نوعیت وہ نہ جانتا تھا۔ اسے لگتا جیسے وہ اچانک معزز اور مکمل ہو گیا ہو اس کے سر پر فضیلت کی دستار بندھ گئی یا جیسے اس پر بہت بڑی ذمہ داری کا بوجھ آپڑا ہو۔ خوشی کے ساتھ ساتھ آزادی

چھننے اور پابندی لگنے کا احساس۔

اسے یاد آیا وہ دن بھر اسی کے بارے میں سوچتا رہا تھا۔ اس کا اصل نام تو جو بہت خوبصورت اور انوکھا ہو گا خوب سوچ سمجھ کر رکھنا ہو گا مگر تب تک اسے کس نام سے پکارا جائے۔ چندا، تارا، رانی۔ گڈی، چھوٹی، بے بی، نکی، بلی، مانو؟ اس نے کتنے ہی نام سوچے مگر کوئی فیصلہ نہ کر سکا۔ پتہ نہیں وہ کیسی ہو گی؟ کس پر گئی ہو گی؟ اسے پیغام براہ راست نہیں ملا تھا اس لئے وہ کچھ پوچھ اور جان نہ سکا تھا وہ کیسی تھی۔ اس کا بیٹا اس کی کاربن کاپی تھا مگر پتہ نہیں وہ اپنی تیکھے نقوش والی ماں پر گئی تھی یا اپنے گول مٹول سے بھائی پر۔ اس کا دل اسے دیکھنے کو بے تاب ہونے لگا۔ کاش وہ اسے فورا! دیکھ سکتا مگر دفتر سے چھٹی نہیں مل رہی تھی۔ وہ بار بار اس کے چہرے کا تصور کرتا۔ اپنی اور بیوی کی صورتوں کو ملا کر ایک نئ طرح کی تیسری صورت تراشتا مگر زیادہ غور کرنے سے وہ تازہ تازہ تخلیق کیا ہوا چہرہ دھندلا سا جاتا اور کوئی واضح صورت ذہن میں محفوظ نہ رہ پاتی۔ پھر جب کئی روز بعد اس نے اسے لاہور جا کر دیکھا تھا تو پریشان ہو گیا تھا۔ غریب آدمی کے لئے ایسی بیٹی ایک بہت بڑی آزمائش تھی۔

اسے یاد آ رہا تھا کہ کچھ دنوں بعد وہ اپنی ماں کے ہمراہ اپنے گھر آ گئی تھی اور یہ جانے بغیر کہ وہ اپنے باپ کی شفیق گود میں ہے معصوم ہنسی کے پھول کھلانے لگی تھی۔ اس کی قلقاریوں سے اس کا دل اور گھر آباد ہو گئے۔ پھر آنگن میں ہر سو اس کی توتلی باتوں کے جگنو اور مسکراہٹوں کی تتلیاں اڑنے لگیں۔ پھر وہ گڑیوں سے کھیلنے اور ان کے بیاہ رچانے لگی اور وہ اس کے لئے طرح طرح کی گڑیاں کھلونے اور

ملبوسات لاتا رہتا تھا اور جب وہ باہر سے تھک کر گھر آتا اور وہ "میلے ابو آ گئے۔" کا ورد کرتی، خوشی سے اچھلتی اس کی ٹانگوں سے چمٹ جاتی اس کے کندھوں پر چڑھ جاتی تو سارے دن کی تکان لمحہ بھر میں دور ہو جاتی۔ زندگی کی ساری کلفتیں راحتوں میں تبدیل ہو جاتیں اور اس کا گھر محبت کے پھولوں سے مہکنے لگتا۔ کاش وقت رک جاتا اور زندگی اسی طرح بیت جاتی مگر وقت کبھی رکتا ہے۔ رفتہ رفتہ وہ بڑی ہوتی گئی اور وہ اس کے بچھڑنے اور گھر سے چلے جانے کے غم میں مبتلا رہنے لگا۔ اس کی بیوی بہت ہی گرہستن اور منتظم قسم کی عورت تھی۔ اس نے ابھی سے جب وہ میٹرک میں تھی اس کی رخصتی کی تیاری شروع کر دی تھی اور اسے طعنے دیتی اور یاد دلاتی رہتی تھی کہ اسے بیٹی کی کوئی فکر نہیں تھی۔ وہ اسے کیا بتاتا کہ اس کے بچھڑنے کے خیال سے اس کی نیندیں حرام ہو چکی ہیں۔ (ہائے او میریا ڈاہڈھیا ربا۔ کنھاں جمیاں کنھاں نے لے جانیاں)۔ مگر جب تک وہ سکول اور کالج جاتی رہی جدائی کے خیال کی ناگن جیسے پٹاری میں بند رہی۔ مگر جس روز وہ بی اے کا آخری پرچہ دے کر آئی وہ رات اس نے زہریلے کانٹوں پر گزاری تھی۔ اس نے اس کے سارے چھوٹے چھوٹے کام اپنے ذمے لے رکھے تھے۔ وہی اسے بتاتی اس کے کپڑے اب میلے ہو گئے ہیں اور اسے دھلائی کے لئے اتار دینا چاہئیں۔ وہ اسی کے مشورے پر عمل کرتا کہ اسے کون سے موقع پر کون سا لباس پہننا چاہئے۔ اس کی پسند کی چیزیں پکاتی، اسکے کپڑے دھوتی، استری کرتی، قمیض کا ٹوٹا ہوا بٹن لگاتی اور اس کی چیزوں اور کتابوں کو سنبھال کر رکھتی۔ اسے گھر میں جس چیز کی ضرورت ہوتی وہ اسے آواز دیتا۔ اس کی بیوی بڑبڑاتی

"کبھی خود بھی اٹھ کر کچھ کر لیا کرو۔"

مگر دوسرے ہی لمحے نازو اس کی مطلوبہ چیز لئے سامنے کھڑی ہوتی۔ اس نے سچ مچ اسے کاہل اور نکما بنا دیا تھا۔ وہ اس کے بغیر اپنے گھر کا تصور کرتا تو اسے ہول آنے لگتا۔ ایسا لگتا جیسے اسے دیکھے بغیر صبح طلوع نہ ہو گی۔ اس کے ہاتھ کی روٹی کے بغیر بھوک نہ مٹے گی۔ اس کی آواز سنے بغیر چین نہ آئے گا۔ اوٹ پٹانگ باتیں سوچتا اور کرتا۔ ایک بار کہنے لگا،

"جب تم بیاہ کر اپنے گھر چلی جاؤ گی میں تمہارے گھر کے پاس ہی کرائے کا گھر لے لوں گا۔ اور دن بھر دروازے پر بیٹھا رہا کروں گا۔ کیا پتہ تمہیں کب ضرورت کی کوئی چیز منگانا پڑ جائے۔"

اس نے تو یہ بات یوں ہی دل لگی کی خاطر کی تھی مگر وہ پہروں روتی رہی۔ "ابو مجھ سے اتنا پیار نہ کیا کرو۔ میں کیسے جیوں گی۔"

اس کی بیوی اس کی اسے طعنے دیتی "شادی کا سارا خرچہ تو بیٹا کر رہا ہے تم صرف باتیں کئے جاؤ۔"

یہ ٹھیک تھا کہ اس نے بہن کے جہیز کی تیاری میں خوب ہاتھ بٹایا بلکہ اپنی شادی پس پشت ڈال دی تھی مگر بیٹے کی کمائی میں اس کا بھی تو کچھ حصہ ہو گا۔ آخر اس کی پڑھائی بھی تو اسی کی آمدنی سے ہوئی تھی مگر وہ اسے نیچا دکھانے کا کوئی موقع ہاتھ سے جانے نہ دیتی تھی۔ کیا پتہ ساری بیویاں جب ان کے ہونہار بیٹے جوان ہو جائیں شوہروں کے ساتھ ایسا ہی سلوک کرتی ہوں۔ اس نے تو اس کی شادی طے کرتے وقت بھی من مانی کی تھی ورنہ وہ ایسے لالچی لوگوں سے کبھی رشتہ نہ جوڑتا اور اب وہ

جلد از جلد شادی کے فرض سے سبکدوش ہو جانا چاہتی تھی اور اسی نے اسے شادی کی کوئی قریبی تاریخ مقرر کرنے کے لئے بھیجا تھا۔ مگر اسے فتح محمد کا مطالبہ پورا کرنے کے لئے مزید چار ماہ کی مہلت مانگنا پڑ گئی۔ مگر وہ دل ہی دل میں ڈر رہا تھا وہ ناراض ہو گی اور اسے جلی کٹی سنانے کا موقع ہاتھ آ جائے گا۔ مگر اس نے تہیہ کر لیا تھا کہ وہ روپوں کا انتظام کر کے ہاری ہوئی بازی جیتنے کی ہر ممکن کوشش کرے گا۔ اسے ریلوے اسٹیشن کی چهل پہل میں فتح محمد کی وہ سرگوشی بار بار یاد آئی جو اسے صور پھونکے جانے کی طرح معلوم ہوئی تھی۔

"ہم انتظار کریں گے۔"

اس نے فتح محمد کے آگے سر جھکا دیا تھا کہ اس کے سوا کوئی چارہ نہ تھا مگر اسے نہیں معلوم تھا وہ اس کا اتنا بڑا مطالبہ کیسے پورا کرے گا۔ اس کے چلے جانے کے کتنی دیر بعد تک وہ زمین میں گڑا رہا۔ اور گھر کی بیچی جانے والی چیزوں کی فہرست بناتا رہا۔ جب انجن آ کر گاڑی سے لگا وہ بہت سی چیزیں بیچ چکا اور اب میزان کرنے میں مصروف تھا۔ زور کا دھکا لگنے سے منہ کے بل گرتے گرتے بچا۔ بعض دوسرے مسافر جو غفلت اور بے خیالی میں بیٹھے تھے سیٹوں سے نیچے گر گئے۔ مگر زیادہ تر مسافروں کو یہ دھکا خوشگوار معلوم ہوا اس کا مطلب تھا انتظار ختم ہوا اور منزل کی طرف روانہ ہونے کا وقت قریب آ گیا۔

ہر مسافر کو منزل پر پہنچنے کی جلدی ہوتی ہے اور وہ اپنے سفر کا آغاز دعاؤں سے کرتا ہے۔ بعض دور اندیش اور ہوشیار آدمی اللہ سے اگلے پچھلے سارے گناہوں کی معافی مانگ لیتے اور آئندہ کے لئے توبہ بھی کر لیتے ہیں۔ کیا پتہ یہ آخری سفر ہو اور

کوئی حادثہ ہو جائے اور موقع نہ ملے مگر اللہ کو پتہ ہوتا ہے۔ کس کس کی نیت میں کھوٹ ہے اور کن لوگوں نے منزل پر پہنچتے ہی سب کچھ بھلا دینا ہے مگر وہ رحیم اور کریم پھر بھی ڈھیل دیتا رہتا ہے۔

رات کا وقت تھا اور سخت سردی پڑ رہی تھی۔ کھڑکیوں کے ٹوٹے ہوئے شیشوں سے ٹھنڈی ہوا کے جھونکے اندر آتے تو مسافر کپکپانے لگتے۔ مگر گاڑی ابھی روانگی کے اسٹیشن سے زیادہ دور نہیں گئی تھی کہ اس کے ڈبے میں آگ لگ گئی اور دیکھتے ہی دیکھتے شعلے اٹھنے لگے۔ رفتار زیادہ ہونے کی وجہ سے ہوا سے بھڑکتی آگ ایک ڈبے سے دوسرے کو لگتی چلی گئی۔ اور تھوڑی سی دیر میں پوری بوگی دھڑ دھڑ جلنے لگی۔ اب جہاں بڑے بڑے قومی سانحات پیش آنے کے اسباب کا کبھی پتہ نہ چل سکا ہو وہاں اس چھوٹے سے حادثے کی کیا حیثیت؟ اس لئے شاید ہی کبھی پتہ چل سکے کہ آگ کیسے لگی۔ باہر سے آئی یا اندر سے لگی جیسے کبھی کبھی گھر کو گھر کے چراغ سے لگ جاتی ہے۔ کیا معلوم کوئی چلم الٹ گئی۔ کسی نے سگریٹ بجھانے میں لاپرواہی کی۔ کسی نے سردی سے گھبرا کر موت کو گلے لگالیا۔ کوئی سٹوو یا گیس سلنڈر پھٹ گیا یا کسی نے سامان یا سیٹ کے نیچے بم رکھ دیا تھا۔ ممکن ہے کسی مسافر کے سامان میں جلدی آگ پکڑنے والی کوئی چیز موجود ہو مگر یہ ضروری بھی نہیں۔ کیونکہ جب ایک بار آگ لگ جائے تو پھر ہر چیز اس کا ساتھ دیتی اور اس کا حصہ بنتی چلی جاتی ہے۔ لوہے جیسی سخت چیز بھی آگ کے آگے نرم پڑ جاتی ہے بلکہ آگ سے زیادہ جلانے والی چیز بن جاتی ہے۔

آگ لگنے سے ہر ڈبے میں قیامت مچ گئی۔ شور و غل، افراتفری اور نفسا

نفسی۔ لوگ ایک دوسرے کو دھکیلتے اور کچلتے ہوئے کھڑکیوں دروازوں کی طرف لپکے۔ سردی اور رات کی وجہ سے زیادہ تر کھڑکیاں دروازے بند تھے جنہیں کھولنے کے لئے کتنوں کو جانوں کا نذرانہ دینا پڑا۔ دروازے تو پھر بھی کچھ لوگوں کو کچل اور دھکیل کر کھل گئے۔ مگر کھڑکیاں مشکل اور دیر سے کھلیں۔ جس نے بھی کھولنے کیلئے ہاتھ یا سر باہر نکالا اس کا ہاتھ یا سر دھڑ سے الگ ہو کر باہر ہی رہ گیا۔ جس کسی کو آگ ایک بار پکڑ لیتی وہ دوسروں کیلئے بم بن جاتا۔ مگر اس سے بچنے کا راستہ نہ ملتا۔ دھکے لگنے سے چیخیں مارتے لوگ اس کے اوپر آ گرتے اور خود بم بن جاتے۔ کچھ بچے قدموں کے نیچے آ کر کچلے گئے۔ بعض کو انکی ماؤں نے تب تک اپنے نیچے پناہ دیئے رکھی جب تک وہ خود لاشوں کے پہاڑ کے نیچے آ کر دب نہ گئیں یا چولھے کی جلتی لکڑی بن کر جلنے نہ لگیں۔ بعض عورتوں نے بچوں کو چلتی گاڑی سے باہر پھینکنے کی کوشش کی مگر شاید ہی کوئی سالم باہر آ سکا۔ زیادہ تر بچوں کے ٹکڑے ہی باہر گرے۔ جن لوگوں کو باہر دھکیلا یا پھینکا گیا یا جنہوں نے خود چھلانگیں لگائیں ان میں سے بھی بہت کم زندہ بچے۔ کیونکہ یہ پہاڑی علاقہ تھا۔ دوسرے گاڑی بہت تیز بھاگ رہی تھی۔ جو گرتا یا کودتا سخت زخمی ہو جاتا۔ بعض گاڑی کی لپیٹ میں آ کر ٹکڑے ٹکڑے ہو جاتے۔ اور اگر کوئی گاڑی کے نیچے آ کر کٹنے سے بچ بھی جاتا وہ زخمی ہو کر فوراً یا کچھ دیر بعد سردی سے اکڑ کر مر جاتا۔ بچوں، عورتوں، بوڑھوں اور کمزوروں میں سے اسکے سوا شاید ہی کوئی زندہ بچا ہو۔ زیادہ تر جل کر راکھ ہو گئے یا دوسروں کی لاشوں کے نیچے دب کر لاش بن گئے۔ اسے یاد ہے بھیڑ اسے روند رہی تھی جب کوئی سخت چیز اس پر گری اور وہ جل کر یا دب کر مرنے سے بچ گیا۔ مگر

ناقابلِ بیان حدت کی تاب نہ لا کر بے ہوش ہو گیا۔

اسے ہوش آیا تو کچھ دیر کے لئے وہ فیصلہ نہ کر سکا، زندہ ہے یا مر چکا۔ اور اگلی یا پچھلی کون سی دنیا میں ہے۔ وہ دیکھ سکتا تھا نہ اپنے جسم کے کسی بھی حصے کو حرکت دے سکتا تھا۔ پتہ نہیں جسم تھا بھی یا نہیں؟ کیا پتہ اب وہ محض روح کی صورت باقی بچا ہو اور اس کا حساب کتاب ہونے والا ہو۔ پھر اسے کراہنے والوں کی ایسی باتیں سنائی دیں جیسے جہنم کہیں قریب ہی ہو اور گناہ گاروں کو عذاب دیا جا رہا ہو مگر پھر پچھلے جہان کے آدمیوں جیسی دو آوازیں سنائی دیں۔ وہ حادثے کی انکوائری کی باتیں کر رہے تھے۔ جس کا صاف مطلب تھا وہ مرا نہیں زندہ ہے۔ مگر شائد ہسپتال میں پڑا اور بہت سی نلکیوں، نالیوں اور پٹیوں میں جکڑا ہوا ہے۔ پتہ نہیں اس کا جسم کس حالت میں ہے اور اس کا زندہ بچنا خوش نصیبی کی بات ہے یا بد نصیبی کی؟۔ اسے ہمیشہ سے اپاہجوں کی سی زندگی جینے سے جس میں آدمی دوسروں کا محتاج ہو بہت ڈر لگتا تھا۔ ایسے جینے کو وہ مرنے سے بدتر سمجھتا تھا۔ مگر کچھ اندازہ نہیں ہو پا رہا تھا کہ اس کے کون کون سے اعضا ساتھ ہیں اور کون سے کٹ گئے۔

اسے اپنے گھر کے لوگ یاد آئے۔ بیٹا جس کی شادی کی خوشی دیکھنے کا اسے بہت ارمان تھا مگر اس نے بہن کی خاطر اسے موخر کر دیا تھا۔ نازو جس کے بیاہ کی تاریخ لینے وہ گھر سے نکلا اور حادثے کا شکار ہو گیا تھا اور بیوی جو ہر وقت جھگڑا کرتی اور اسے نیچا دکھانے کی کوشش میں لگی رہتی تھی مگر جب کبھی وہ کہیں چلا جاتا تو کھانا پینا تک چھوڑ دیتی۔ اچانک اسے خیال آیا کہ اس کا سر سلامت ہے کیوں کہ وہ سوچ سکتا ہے اور یاد کر سکتا ہے مگر خدا جانے اس کا چہرہ سلامت ہے یا بگڑ چکا؟۔ مگر

بگڑے ہوئے چہرے سے بھی کیا فرق پڑتا ہے۔ ہاتھوں اور پیروں کی سلامتی زیادہ ضروری ہے۔ مگر اسے معلوم نہ تھا وہ ہیں یا نہیں۔ مگر پھر باتیں کرتے ہوئے وہ دونوں آدمی جنہیں پہلے وہ منکر نکیر سمجھا تھا قریب آ گئے۔ وہ شاید ڈاکٹرز تھے اور مختلف زخمیوں کو دیکھتے ہوئے اس کے قریب آ رہے تھے۔ یقیناً ان کی گفتگو سے اندازہ ہو سکے گا کہ اس کی حالت کیسی ہے مگر وہ پاس ہی کے کسی مریض سے فارغ نہیں ہو پا رہے تھے۔

"اچھا ہوا" ایک آواز آئی، "زیادہ سیریس مریضوں کو بڑے ہسپتال بھیج دیا گیا ورنہ بہت پرابلم ہو جاتی۔"

"ہاں" دوسری آواز نے جواب دیا، "یہاں تو اب اور خون کا انتظام بھی نہیں تھا۔"

"خون کا انتظام تو ہو سکتا ہے۔ ابھی صبح کے اخباروں اور نیوز بلیٹن سے ان کے وارثوں اور پبلک کو حادثے کا پتہ چل گیا ہو گا۔ تم دیکھنا اب تھوڑی دیر میں یہاں خون کے عطیات دینے والوں کی بھیڑ لگ جائے گی مگر یار عملہ کم پڑ رہا ہے۔"

"سنا ہے دوسرے ہسپتالوں سے کچھ سٹاف بلایا گیا ہے۔ شائد دوپہر تک کچھ لوگ پہنچ جائیں۔"

"یار پتہ نہیں چل سکا یہ حادثہ ہوا کیسے ہوا۔ سب سے عجیب بات یہ ہے کہ پوری تین بوگیاں جل گئیں اور گارڈ، ڈرائیور اور فائر مینوں کو پتہ ہی نہ چلا۔"

"نہیں یہ ڈرائیور کا بیان ہے۔ اس کا کہنا ہے کہ انجن کا اپنا شور اتنا زیادہ ہوتا ہے کہ دوسرا کوئی شور یا چیخ سنائی نہیں دیتی۔ لیکن گارڈ کا بیان ہے کہ اسے پتہ تو چل

گیا تھا مگر وہ جنگل میں گاڑی رکوا کر آگ تو نہیں بجھوا سکتا تھا۔ اس نے جلدی سے جلدی کسی قریبی اسٹیشن پر پہنچنا ضروری سمجھا۔"

"ایک عینی شاہد بتا رہا تھا گاڑی کی تیز رفتاری کی وجہ سے آگ پھیلتی چلی گئی۔"

"رات کے وقت جلتی ہوئی بوگیوں والی گاڑی کا منظر کتنا عجیب اور خوفناک ہو گا۔"

"یہ بابا خوش نصیب ہے اتنے زخموں اور چوٹوں کے باوجود جان بچ گئی۔"

وہ چونک پڑا۔ وہ اسی کا معائنہ کر رہے تھے۔ یقیناً انہوں نے اسے چھو کر بھی دیکھا ہو گا مگر اسے چھوئے جانے کا بالکل احساس نہیں ہوا تھا۔ یہ سوچ کر وہ دہل سا گیا کہ اس کا جسم بے حس یا سن ہو چکا ہے۔ کیا پتہ بالکل بیکار ہو چکا ہو

پھر انھوں نے کسی تیسرے کو جو آواز سے نرس معلوم ہوئی ہدایت کی کہ وہ اس بات کا خاص طور پر خیال رکھے کہ انجکشن کا اثر ختم ہونے اور ہوش میں آنے کے بعد مریض بے چینی کے عالم میں ہاتھ مار کر سانس کی نالی نہ ہٹا دے۔ اسے یہ جان کر تھوڑا سا اطمینان ہوا کہ کم از کم اس کا ایک ہاتھ ضرور موجود تھا۔

پھر وہ آگے بڑھ گئے مگر اسے ان کی آواز اب بھی سنائی دے رہی تھی۔ ان کی گفتگو سے اسے بہت سی باتوں کا پتہ چلا۔ معمولی زخمی ہونے والوں کو مرہم پٹی کر کے فارغ کر دیا گیا تھا۔ مرنے اور شدید زخمی ہونے والوں میں سے جن لوگوں کی شناخت ہو گئی تھی ان کے لواحقین کو اطلاع کر دی گئی تھی۔ بے شناخت لاشوں کو سرد خانے میں رکھوانے کا انتظام ہو رہا تھا اور حکومت کی طرف سے زخمی اور مرنے والوں کے معاوضے کا اعلان ہو چکا تھا۔ مگر یہ سوچ کر اس کے دل کو دھچکا سا لگا کہ

اس معاوضے کی نسبت ایک اور چار کی تھی۔ اور یہ کیسا عجیب اتفاق تھا کہ مرنے کے معاوضے کی رقم فتح محمد کے مطالبے کے عین مطابق تھی۔ مگر قسمت نے یہاں بھی اس کا ساتھ نہیں دیا تھا۔

اچانک وہ کسی خیال سے چونک پڑا۔ اس نے ٹانگوں کو ہلانے جلانے کی کوشش کی مگر اسے پتہ نہ چل سکا وہ ساتھ تھیں یا نہیں۔ اس نے جسم کو حرکت دینے کی کوشش کی مگر وہ اب تک بے حس پڑا تھا۔ تاہم کچھ دیر کی کوشش کے بعد وہ دائیں ہاتھ میں تھوڑی سے جنبش پیدا کرنے اور آکسیجن کی نالی تلاش کرنے میں کامیاب ہو گیا۔

***

منتخب یادگار افسانوں کا ایک اور مجموعہ

تماشا

مصنف : محمد منشا یاد

بین الاقوامی ایڈیشن منظر عام پر آچکا ہے